論創海外ミステリ
314

ロニョン刑事とネズミ

ジョルジュ・シムノン

宮嶋 聡［訳］

論創社

Monsieur La Souris

1938

by Georges Simenon

目次

主要登場人物

ネズミ（ユゴー・モーゼルバック）……浮浪者の老人
ジョゼフ・ロニョン……………………パリ九区を担当する地区警察《ポリス・ミュニシパル》所属の刑事
リュカ警視…………………………………パリ司法警察の警視
ジャンヴィエ………………………………リュカ警視の部下である巡査部長
エドガー・ロエム…………………………スイスの大銀行〈バーゼル・グループ《C・M・B》〉の会長
フレデリック・ミュラー…………………〈バーゼル・グループ〉のパリの代理人
ドラ・スタオリ……………………………ハンガリー人の女性。ミュラーの愛人
リュシル・ボアヴァン……………………エドガー・ロエムの愛人
スタオリ弁護士……………………………ハンガリー人の弁護士。ドラ・スタオリの父親
マーティン・オースティング……………〈バーゼル・グループ〉の副会長

ロニョン刑事とネズミ

一　ロニョン刑事の沈黙

分署のドアが開いたのは十一時十二分を少し過ぎた頃だった。チェッカーをやりながら暇をつぶしていた二人の自転車パトロール警官が顔を上げた。黒い木のデスクの後ろでパイプをふかす巡査部長も顔を上げたが、来訪者の顔を見る前に誰だかわかった様子だ。お馴染みの声が聞こえたからだ。

「急き立てるんじゃない、若造め！　わしのことを誰だと思ってるんだ……。ほら！　ちょうど巡査部長殿がご勤務中だ！」

日勤の時間が終わろうとしていた。あと四十分と少しで、夜勤班《ニュイトゥー》が任務につく。太った巡査部長は制服の上着のボタンを外し、私服のロニョン刑事は警官たちのチェッカーの成り行きを陰気な目つきで眺めている。

夜の八時から、滝のように雨が降り続いていた。生暖かい春の日の終わりに突然降り出した、特に濡れやすそうな、さらさらとした雨だ。オペラ座で特別《ガラ》公演が開かれている。それは駐車している車の台数からでもわかったし、とりわけ歩道の上で会話を交わす屋敷づとめの運転手たちの人数からわかることだった。

けれども、分署はオペラ座と同じ建物なのに、警官の誰一人として何が演じられているのかは承知していない。

重要なのは、雨が降り続いていて、警官たちがマントをずぶ濡れにして戻ってきていて、路面が滑り易い時の例に漏れずイタリア大通りだけでも三件の交通事故があったということだ。

当然だが露天商はいつもより少なかった。分署には花売りの女一人だけが連れられてきていて、花かごを近くに置いて座り、子供用の青い毛糸の靴下を編んでいる。

つまりは、ありふれた夜だったのだ。巡査部長は落ち着いた様子で、夜勤の同僚に引き継ぐ大きな黒い日誌帳に、その日の出来事を記入している。

老人には絶好のタイミングだった。

「巡査部長殿、ネズミ親父を手荒に扱わないように言ってやってもらえませんかね……」

老人を連れてきた巡査は、まだ手を離さない。巡査は肩というより、肩の上の上着をつかんで小柄な老人を操り人形のように持ち上げている。顔を紅潮させたブロンド髪の新入りの警官だった。

巡査部長が渋々と言った。

「ボンヴォアザン、放してやれ！」

その声に責めるような調子が含まれていたので、ネズミは勝ち誇って言った。

「聞いたかい？　マドレーヌからここに来るまで、何度も何度も言っただろ？」

老人は伸びきった上着を引っ張りながら、ロニョン刑事に気づくとウインクした。

ネズミがオペラ座の分署で寝ない時は、グラン・パレの地下にあるシャンゼリゼの分署で夜を過ごす。ボンヴァアザンは地区に配属されて間もない。そうでなければ、規則通りに供述調書を取るためにポケットから手帳を取り出すこともなかったろう。

「行っていいぞ」巡査部長はパイプの火をつけ直しながら言った。

「ちょっと待ってください！」ネズミが言った。「お許しいただけるなら、この若造の証言が欲しいのですが……」

老人は背が低く痩せていて、いたずらっぽい目がキョロキョロとよく動き、赤毛はくすんだ白髪に変わっていた。だぶだぶの古着を、目立たせずに、ほとんど粋《イキ》に着こなしている。

「刑事殿、刑事殿にも聞いていただけると有難いんだが……。人生で初めて、わしに物凄い出来事が起こったのです！」

さっきネズミが入って来るのを見た時から、何かしら面白いコントが見られる予感はしていた。いつものお決まりだった。特に巡査部長が暇な時の。

「それはつまり、やっとお前さんを浮浪罪（住所不定で無職の浮浪者に対して適用される刑法）で逮捕できるっていうわけかい？」巡査部長が尋ねた。

逮捕するには、ネズミに住所も金もあってはならない。ところで、何か月も、何年も前から、ネズミに住む家はないのだが、一文無しで捕まえることはできなかった。時々はポケットの中を調べてみるが、何も見つからない。遂に逮捕かと喜んだ途端に、老人は突然奇妙な笑いを浮かべ、ぼろ着の折り返しから五フラン硬貨を取り出すのだ！

「巡査部長殿、わしがマドレーヌのカフェのテラスでレアに四フラン借りようとしていた時にこの若造がわしを逮捕したいきさつを、ぜひ報告書に書いていただきたいのですが……」

そしてネズミは私服刑事のロニョンの方に向き直った。ロニョンは特に管轄地区の売春婦と飲み屋の女たちに詳しい。もちろんレアを知っているロニョンは、渋々ながらうなずいた。

「なぜ四フランなんだ？」巡査部長が驚いて質問した。

「なぜなら、ここに来るのにタクシーを拾いたかったので、チップを含めて四フランぐらいかかるからです」

この時あたりで、ロニョンはネズミの話を軽く考えることをやめた。多分、ネズミの声に何かしらの緊張感を感じ取ったからだろう。実際のところ、ネズミは即興のコントを演じるのが常だ、そして観客がどっと笑わないと満足しない。でも、今回は、その目に不安の色が感じられないだろうか？

ロニョンは無言だ。ロニョンは意味もなく口をきくタイプではない。いつもと変わらず、自分の殻に閉じこもって暗い顔でしかめっ面をしている。

巡査部長は、サーカスの舞台で主人役がピエロに対してするような調子で、わざとらしく重々しく質問をした。

「濡れるのが怖かったのかい？」

「いいえ！　スリが怖かったんです！」

ネズミは手応えをつかんだ。目が笑っている。二人の自転車警官が話を聞こうと勝負をやめたのを見て大喜びだ。お人好しらしい表情で、二人に打ち明けた。

「ポケットの中に大金を詰め込んで歩いたことがないもんで……」

ロニョンだけが真剣な表情を崩さない。骨張ってごつい顔立ち、真っ黒な髪、巨大な眉毛が顔を横切っている。執念深そうな目つきで、いつも困難な問題の解決を追いかけているように見える。

「その大金とやらを、見せてもらおうか。十フランか？　十五フランか？……言っておくが、宿代に十五フラン持ってるなら、ここには泊めてやれないからな」

「ちょっと待ってください！　預かり証を準備してください」

そして、ようやくネズミはポケットから、事務書類を送る時に使うような金属の留め金のついた黄色の細長い封筒を取り出した。

「書き取ってください」ネズミはわざとらしく重々しく言った。「後で封筒の中身の明細を作ってくださいい……。六月二十二日火曜日、夜十時五十分、ロワイヤル通りレストラン・マキシムの近くの公道上で、ユゴー・モーゼルバック、通称ネズミ、六十八歳――バ＝ラン県ビシュヴィレール・シュール・モデ生まれ――が黄色い封筒を見つけた。封筒に入っていたのは現金……」

一瞬、巡査部長はまごついた。そして無意識に封筒の口を少し開けると、意に反して、すぐにネズミの口述筆記を始めた。

「ビシュヴィレールの『レ』のエルは二つか？」

「そうです、エル二つ。モデの『デ』はディー一つ……。繰り返します、封筒に入っていたのは……」

ロニョン刑事が立ち上がって、両腕をポケットにつっこみ、巡査部長の後ろに立った。自転車警官たちも近寄ってきて見た。

「これはどちらかといえば、警視に個別に報告するまでもないかとも思うんですが！」ネズミが考え直したように言った。

ネズミはいつものようにからかっている。でも、一理あるかもしれない。巡査部長は一瞬ためらってロニョンを見た。ロニョンは肩をすくめた。

「全部開けてみてください。明細は必要ですから……」

「……ピン留めした五百ドル札が九枚で、四千五百ドル……」

一瞬の沈黙があった。巡査部長のパイプの火がまた消えていた。

「フランにするといくらくらいだ？」巡査部長が思わず訊いていた。

「だいたい六万五千フランです」ネズミが答えた。「他にもあります……」

事実、封筒にはもう一つ札束が入っていた。二度数え直したが、百ドル札が四十九枚入っていた。

なぜ五十枚ではなくて四十九枚なのか？

最後に、封筒の底に、千フラン札が二枚と百フラン札が二枚入っていた。

巡査部長が書き取りをしている間、ロニョンはネズミを重苦しく不満げな目つきで見ていた。

「本当に、これを路上で見つけたのか？　本当ならば、どこの路上だ？」

「マキシムから何メートルか辺りの場所です」

「歩道の上でか？」

黄色い封筒は濡れていた。でも溝の中に十分浸かっていたほどではない。

「そうです、歩道の上です！　わしが拾うところをジャンが見ました。ジャンはわしと一緒に中身を見ようとしたんだが、客の乗った車が止まったんです……」

ロニョンはこれらの詳細をメモしていた。『レアはカフェのテラス。マキシムのドアマン・ジャンは……』

「どうすればいいんだ？」巡査部長が困惑して、ロニョンの方を向いた。

その問いに答えたのは、ネズミだった。

「わしに預かり証を渡します。もし一年と一日経って誰も封筒の返却を請求してこなかったら、金はわしのものになります。そしてわしは、ビシュヴィレール・シュール・モデにある廃れた司祭館を買うんです……」

ネズミは喝采を浴びる役者のようにくるりと回って扉に進もうとしたが、すぐには行かせてもらえないとわかっていたのだろう。ロニョンの声を聞くと、すぐに向き直った。

「ちょっと待て！」ロニョンが低い声で言った。

「なんなら、一時間でもどうぞ、刑事殿。わしに拒否権はないのですから……」

「こっちへ来い」

ロニョンは前触れなしに、老人のポケットを探り、服を調べた。

「靴を脱げ」

ネズミはずっとおどけている。靴下を履いておらず、足の親指を動かしてみせている。花売りの女の方に向かって謝りながら、ズボンを脱ぐ仕草を始めた。

「この紳士方のご命令だから……。わしとしては恥ずかしいけど、だが……」

「もういい！」ロニョンが言った。「寝場所へ行け」

「一杯飲みに行けないでしょうか？　十五万フラン近くも拾ったばかりの男にとってシラフは、辛いもんです……」

ネズミはロニョンに押されて敷居をまたいだ。鉄格子の檻が三つあった。一つが女性用、もう一つが男性用、そして三番目が罪を犯していない浮浪者用だ。その三番目の檻の中では、簡易ベッドの上に先客の老人が腹這いに寝ていて、扉を開けても身動き一つしなかった。もう一方の鉄格子の中では、暗がりの中で若い女がハンドバッグを両膝の上に置いて待合室でのように座っていた。

「まあとにかく、寝るとするか」ネズミがため息交じりに言った。「こう言っては失礼ながら、あんたは巡査部長殿より、よっぽど意地が悪い！」


朝の八時に警官が鉄格子を開けると、ネズミは慣れた様子で立ち上がり、緑色にくすんだ山高帽をつかんだ。そして詰め所に入る前にロニョンを目で探した。

原則では、夜勤をした警官は詰め所にいないはずだ。だが、ロニョンはネズミの予想通りそこにいた。ネズミはからかって言った。

「それで、彼女はどう言ってました？」

レアのことだ。ロニョンは無視した。

「ねえ、刑事さん！　マキシムの方は苦労したでしょ。あそこの歩道は八区にあって、あんたの管轄外だから……」

ロニョンはネズミを睨みながら、タバコに火をつけた。警官がネズミを出口まで追い立ててドアを開けると、朝の光が入って来た。

雨上がりで、太陽の光がきらきら輝く贅沢な朝だった。ショーウィンドーのオートシャッターの軋む音が聞こえ、クロワッサンの香ばしい香りがカフェのカウンターから流れてくる。

「奴がつけてきているのは間違いない」ネズミはモンマルトルの方に向かって大通りを歩きながら考えた。

急がないように、そして特に新聞売り場の前で立ち止まらないように気をつけた。足を引きずりながら歩き、時々屈んでは吸い殻を拾いポケットに入れた。振り返らなくても、常に背後にロニョンの気配を感じ続けていた。

ネズミはあてもなく歩いているように見えた。モンマルトルの交差点まで来て、ためらいがちに何歩か歩いた後、ポアッソニエール大通りに進んだ。そして分署を出てから四十五分経って、朝刊が貼り出されたショーケースの前で止まった。

のろのろ歩きに付き合わされたロニョンにとっては、とんだ骨折りだった。今ネズミは、ごく自然な様子で、朝刊が一面ずつ貼られた銅枠のショーケースの前に立っている。ネズミだけではなく、周りの人間も同じように、無料で朝刊を読んでいる。

一面、なし！……二面、なし！……三面、強盗事件が一件、モンルージュのカフェで発砲事件……。
ショーケースのガラスが新聞を盗難から保護している。そしてネズミには、そのガラスの反射で真後ろにいる陰気で執念深いロニョンの姿が見えた。九区には名物警官が二人いる。一人は太っていて、四十五歳で、いつも機嫌が良くて、にこやかな刑事と呼ばれている。そしてロニョン、無愛想な刑事と呼ばれている。

四面……。

ネズミは訳がわからず、飛ばして最新ニュースが載っている面を探してみたが、首をひねって、一面に視線を戻した。

いきなりネズミが振り返って喋りかけてきたので、ロニョンは思わず飛び上がった。

「カフェクレーム（エスプレッソマシンの蒸気で泡立てたミルクを入れたコーヒー）をおごってもらえませんか？　同じ道順を歩いているんですから……」

ロニョンは肩をすくめると、両手をポケットにつっこみ、バス停まで歩いて行った。今度は、見せかけではなかった。十八区のコンスタンタン・ペクール広場の自宅に戻ったのだ。

一方、ネズミはジムナーズ劇場の向かいのベンチに座った。

唯一不安なのは、新聞が何も報じないことだ。なぜならネズミには、そのこと以外に、どんな小さなミスも犯していない自信があったからだ。ロニョンなら調べられる！　ロニョンは調べに調べつくすからだ！　でも、それはむしろネズミの望むところだ。虚勢を張っているからというより、コントを演じたいからだ。

その日の行動はすべてロニョンに言えるようにしてあった。火曜日は救世軍の給食の日だったから、六時にチュイルリー船着場に係留されている平底船まで行った。シスターたちは七時頃までそこにいたと証言してくれるはずだ。足を引きずって歩き続けて、シャンゼリゼからアンバサダー劇場に着いた時には八時に近かった。切符売り場の前にはすでに列ができていて、ネズミは九時半まで車のドアを開け続けた。アンバサダー劇場の客たちは遅れてくるのが常だ。こういう劇場もあれば、八時半までに全員が入場するポルト・サン・マルタン劇場のような劇場もある。

とにかく、アンバサダー劇場の切符売り係が見ているはずだ……。

そこから先は、強引だが、何をしていたかは言える。地下鉄のロン・ポアン駅に入って雨をしのいだ。それから一時間経って、オペラ座の終演で小遣い稼ぎしようとコンコルドまで歩いて行った。そして、ロワイヤル通りのマキシムの前を通りかかると……。

とにかく辻褄は合っている！　とはいえ、本物のアリバイというものは正確すぎたりはしないものなのだ。マキシムのジャンとレアの証言が正確すぎて、ロニョンは眉をひそめたのではないだろうか？

新聞にただの一行も記事が載っていないのが気掛かりだ！　ただの偶然だろうか……。

ネズミはベンチから腰を上げた。ポケットに一フラン四十残っていたので、バーでブラン・ヴィシー（ヴィシー産炭酸水で割った白ワイン）をひっかけると、シャンゼリゼに向かって歩き出した。

もちろん、地下鉄のロン・ポアン駅から先の行動は作り話だ。でも、事実はもっと作り話めいていた。

九時二十分まではその通りだ。アンバサダー劇場の前で車のドアを開けていた。ただ、雨が降っていたので、五フランしか稼げなかった。客たちはドアボーイが来て赤い大きな傘を差し出すまで、車内で待っていたからだ。

だからネズミは、ガブリエル通りに列をなして駐車している自動車の方へ行った。たまに、演し物を演っているあいだ車を見張ってやる代わりに、飲み代をくれる運転手がいるからだ。

こちらでもやはり雨が激しく降り出したせいで、運転手は車内に引きこもって新聞を読んでいた！

そもそも車の台数も多くなかった。エリゼ通りで車列は途切れていた。ネズミはあてもなく、相変わらず足を引きずりながら、他の車から百メートルは離れた大きな自動車に近づいていった。

エリゼ宮の暗い鉄柵のせいで、そしておまけに、マロニエの木々の葉に打ちつける大きな雨粒のせいで、夜のこの一角ほど寂しい場所はなかった。

男が自動車の中にいたが、運転手ではなかった。夜会服を着ていた。不思議なことに、今となっては、男が黒いネクタイをしていたのか白いネクタイをしていたのか、つまりタキシードだったか燕尾服だったのかが、思い出せない。

男が頭の上に何を載せていたのかも覚えていない！　柔らかいフェルト帽だったか？　オペラハットだったか？　帽子はかぶっていなかったのか？　とにかく男の髪の毛がブロンド、鮮やかなブロンドだった印象はある。

一瞬の出来事だった！　ネズミが車のドアを開けた。フレーズは決まっている。哀れみを乞う、普通の物乞いとは大きく違うフレーズだ。その正反対だ！　小さな目を陽気そうに瞬かせて、こうからかうのだ。

「王子様よ、一杯やるために二フラン恵んでやってくださいませ！」

この時は、最後まで言う間がなかった。車のドアが開くと同時に、真っ直ぐ座っていたように見えた男が、一緒に倒れ込んできた。ネズミは両手で押し返した。ぬるぬるした感触を感じると同時に、男の胸当てに黒い染みがあるのが目に入った。

「冗談じゃないよ！」ネズミはぶつぶつ言っていた。「どこか他でやってくれ……」

その場から離れようと急いだ。そのためには、ドアを閉めなければならなかった。そうしないと、男の体が歩道に転がり落ちてしまうからだ。だから体を押し返した。その時、何かが足下に落ちてきた気がした。

「冗談じゃないよ！　冗談じゃない！」ネズミは何度も繰り返した。

やれやれ！　やっとドアが閉まった。男は座席に倒れ込んでいるはずだ。ネズミは落ちてきたものを拾った。分厚い財布だった。周りを見回してから、ポケットに滑り込ませた。

ネズミはすぐに財布を開けなかった。それどころか、かなり遠くまで行った。シャンゼリゼのもう一方の端にある、ラ・レーヌ広場の方まで歩いて行き、ガス灯の下で立ち止まった。

財布の中には、五百ドル札が十枚と百ドル札が五十枚、そしてフランスの紙幣が何枚か入っていた。

男が死んでいたのは間違いない。すでに体が冷たくなりかけていたと誓ってもいい。財布を調べる前に、雨で濡れた草で両手を拭ったはずなのに、ベタベタした嫌な感触がまだ皮膚に残っていた。そうは言っても、ぐずぐずしている暇はない。こんなチャンスは人生で二度とやって来ない。チャンスを逃さないためには、何事もなおざりにしてはならない。

早くやることが肝心だ。財布のカード入れの中には、若い女の写真が入っていた。パスポートに使うような普通の写真だった。赤色の切符も三枚入っていた。映画の切符だろうか？　最後に空の封筒が入っていたが、そのまま入れておいた。

「これらは後回しでいい……」ネズミは呟いた。

だが、ネズミは封筒の宛名を見てみた。『サー・アーチボルド・ランズベリー……』

そして、ロンドンの住所らしきものが書かれていた。そんなものは後で見ればいい！

まず最初に、札束から五百ドル札を一枚と百ドル札一枚、そしてフランス紙幣一枚を抜き取って、財布に戻した。その財布を大急ぎで手放そうと、最初に見つけたチューリップの花壇の湿った土の何センチか下に埋めた。

そして札束をポケットに入れて立ち去った。

何年か前に、同じような出来事があった。地下鉄のソルフェリーノ駅の出口で二百フラン入った財布を見つけたのだ。誰かに拾うところを見られていた。だから警察に持っていくしかなかった。警察署はすぐ近くだった。考える時間はなかった。札を抜き取る代わりに（身体検査されるのを恐れたのだ）十フラン硬貨一枚を入れた。

女が警察署に来て申し出た。

「どんな財布か言ってください！」事務官が尋ねた。

当然ながら、その証言は届け出た財布と一致した。

「何が入っていたか言っていただけますか？」

そして、当然ながら、金額が十フラン合わなかった。女が落とし主ではないことになりかけたが、結局、事務官の判断で返すことになり、ネズミは十フランの持ち出しとなってしまった。

この時の失敗が教訓となった。だが、この金をそのまま持ち去ることなど考えてはならない。十年もの間、警察の留置所で寝泊まりしている男が、十五万フランもの大金を手にしていたら手荒な質問責めに遭わないことなどあり得ない。

雨が降り続いていていて、ネズミは地下鉄のロン・ポアン駅に入った。時間を無駄にしないように、そしてどんな小さなミスも犯さないようにと、ネズミの目はいつも以上にキョロキョロと動いた。

札束を拾ってからは、司祭館のことしかネズミの頭にはなかった。故郷の村の今は使われなくなった司祭館が、余生を過ごす唯一の場所のように思えてきた。

ネズミはサンラザール駅で地下鉄を降りて外に出た。一瞬、財布を盗もうかと考えた。留置所が満杯の時に、スリや殺人犯と隣り合わせで寝ることも珍しくなかったので、やり方はわかっていたのだ。

違う人の財布にドル札を入れて、遺失物係に届け出れば……？

ダメだ！　危険すぎる。ネズミは足を早めた。今の時間にゴミ箱をあさるのは、そう簡単なことではない……。

朝なら簡単だ。パリ中の歩道の上にゴミ箱が置いてある……。

だが今、夜の十時となると……。

サンラザール通りに面した『にわとり通り《アヴニュ・デュ・コック》』と呼ばれている袋小路を思い出した。そこには事務所、特に保険会社の事務所しかない。静かな通りで、猫もおらず、夜の九時からゴミ箱が出ている。すぐに着いた。財布がないので、封筒が必要だ。それがネズミの考えだった。そして、できれば輪ゴムも。

ゴミ箱の中には住所が書かれた古い封筒があったが、結局、ネズミは事務員が鉛筆で計算を書いて捨てた、少しだけしわになった黄色い封筒を手に取った。

輪ゴムにはこだわった。ネズミの考えではその方が自然に思えたのだ。駅の正面のバーに入ると、一回一フランのクレーンゲームを見つけた。

ポケットには五フランあった。三フラン注ぎ込んでも、赤い輪ゴムが巻かれたブリキのシガレットケースがつかめなかった。四フラン目でやっと手に入れると、地下鉄の方に走っていき、シガレットケースは投げ捨て、その七分後にはロワイヤル通りの片隅を歩いていた。

自動車の男にかまっている暇などなかった。死んでいたのだから！　マキシムの正面まで辿り着くと、ネズミはジャンの目の前で、自動車のドアを開けようとする素振りをしながら、黄色い封筒を拾ったように見せた。

マドレーヌ広場で、雨で濡れたカフェの日よけテントの下にいるレアを見つけた。同時に、見かけたことのない若い巡査を見つけた。そして筋書きが決まった。ネズミはレアに近づいた。

「タクシー代に四フラン貸してもらえないか？」

若い巡査が罠にかかった。

「ここで何をしている？」

「レアに四フラン貸してくれと頼んでました」

「身分証明は持ってるか？　署まで来てもらおう」

ネズミは、念入りに準備したかのような自分の行動に我ながら満足していた。手順を一つ一つ思い返してみたが、どんな間違いも、どんな不注意も見当たらなかった。

今から、この自分が、四十年間足を踏み入れていないビシュヴィレール・シュール・モデの司祭館のオーナーになったと宣言してもいい。

なぜなら、落とした金額と警察に届けられた金額が違っていて、財布ではなく輪ゴムで止めた黄色い封筒に入った札束の持ち主だと、誰が名乗り出られる？

一年と一日待つ、それだけだ！　そのあとは、警視自らが法律に基づいて金が入った封筒の所有を認めてくれる。

自信満々で、こうとまで考えた。

『ドルの価値が下落しなければいいのだが！』

そんな時に突然、貼り出された新聞の前で大ショックを受けたのだ。自動車の男の記事がない！

一体どういうことだ？


ネズミは、ここで間違いないと思った。イギリス大使館の十メートル先だった。

綺麗な装いの女性や、おしゃれな服を着た子供のお守りをする乳母たちが行き来している。

死体を乗せた自動車はどうなってしまったのだろう？

ラ・レーヌ広場まで行き、木立の中をぶらついた。

そこでネズミは、この日、二度目の嫌な発見をした。自動車の止めてあった場所と同じように、財布を埋めた場所も簡単に見つかると思っていた。

公園の管理人が芝生に散水していたので、ネズミはさりげなく前に進んだ。

ところが、前に進むにつれ、ネズミの顔がしかめっ面になっていった。埋めた場所がわからないのだ！　朝の光で見ると、景色がまるで違っていた。目印にしたガス灯を探したが、同じようなガス灯が三本あって、黄色いチューリップ花壇と赤いチューリップ花壇と薄紫色のチューリップ花壇の前に据えられていたのだ。

昨日の夜は、注意して花の色を見ていなかった。黄色ではなかったような気がする。でも、赤と薄紫色は暗がりの中では同じに見える……。

心配の種がもう一つあった。チューリップが枯れかけていて、これからどうなるかわかっていた。荷車がやって来て違う花に植え替えるのだ……。

ネズミは、足を引きずりながら管理人に近づいた。

「夜の雨が良くなかったみたいだね……」

「ああ、今はまだ抜かないけどね……」

「今日植え替えるのかね？」

「明日の朝だ」


同じ頃、前夜の報告書を読んでいたオペラ街管区警察の警視が、マキシムの前で見つかった黄色い封筒の件（その部分には、下線が引かれていた）に目を通していた。

「遺失物係に届け出た……」警視は封筒に封をしている助手に話し掛けた。「このモーゼル……モーゼルなんと読む？」

「モーゼルバックです。アルザス出身の浮浪者で、何年やっているかは知りませんが……。昔はソルフェージュ（楽譜を読むことを中心とした音楽基礎訓練）とオルガンの教師だったようです」

「まあともかく、正直な男だな！」警視は現金で膨らんだ封筒を羨ましげに見ながら、そう宣言した。

一方、ロニョン刑事は、コンスタンタン・ペクール広場の建物の五階の自宅の寝室で寝ていた。台所では妻がエンドウ豆の鞘をむいていた。

時々ロニョンの表情が曇り、執拗に鼻の上に止まってくるハエを手で払い除けた。

どちらにしろ、正午まで起こされることはない。職務に戻るのは午後二時なのだから。

二　山高帽の中の写真

夢ではなかったと突然気づき、ネズミは飛び起きた。そう確信すると同時に目を開くと、前の晩に赤ワインを飲み過ぎた不快感に襲われた。

仕方がない！　ネズミはひと苦労して簡易ベッドに腰かけると、隣で口を開けて寝ている若い男をちらっと見てから、格子の向こうの正面の檻にいる女たちの方へ目をやった。

臭いには慣れているので気にならない。今は朝の六時頃だろう。天窓から入って来る光が灰色の屋内に差し込んでいて、ネズミはビシュヴィレールの主祭壇の上に掛かっている『マリアへの受胎告知』の絵を思い出した。

朝の習慣で足をかきながら考えていると、考えれば、考えるほど、夜中に見たのはロニョン刑事だと確信した。

にわかには信じられない。ネズミは二十四時間の間、ずっとロニョン刑事の姿を脳裏に付きまとわせて生活していたといってもいい。夜中にその骨張った顔、太い眉毛が出て来てなんの不思議がある？

ネズミは今、薄目を開いたことを思い出した。起きなければとぼんやり思ったが、その元気がなかった。

ネズミは他のことも思い出して、後ろを見た。帽子が無くなっているのに気づき、顔をしかめた。残念だが仕方がない！　自分のミスだ！　そして赤ワインのせいだけではない！

昨日の夕方の五時か六時頃、ネズミにはいつものように、馬鹿なことをしでかしそうな予感があったが、いつものように無視した。なぜならば、そんなことをするほど馬鹿ではないと、自分を信じていたからだ、もちろん！

なぜロニョンに見張られていると確信したのだろうか？　説明するのは難しい。ネズミはそう感じたのだ。例えば昼の十二時頃に、ラ・レーヌ広場のチューリップの下からやっと財布を掘り出した時には、誰にも見られていなかったのは確かだ。ロニョンは狩りの前だった！

その時ネズミは百フラン札をポケットに入れる誘惑に負けそうになった。絶対にダメだ！　知られ過ぎている。札を使った途端に、八区と九区、エトワールからオペラ座とモンマルトルにまで知られてしまう。

映画俳優は気づかれずに街なかを歩けない。ネズミみたいな男はなおさらだ！　地区の警官全員に顔を知られている。売春婦たちにもだし、警察に頻繁に出入りしている人間にも大体顔を知られている。道ですれ違うと挨拶さえ交わすのだ。夜、ネズミが分署に着くと、いつも警官がこんなふうに訊いてくる。

「三時にボアッシー・ダングラ通りの角で何をしてたんだ？」

百フラン札は抜き取らなかった！　今まで慎重に行動してきた、そして、これからもだ。財布からは小さな写真だけを抜き取った。そして、その裏に忘れないように、封筒に書いてあった宛名『サー・アーチボルド・ランズベリー』を鉛筆で書き写した。

素晴らしい天気だった。ネズミは、石材の荷下ろしをするクレーンの唸り音を子守唄代わりにして、セーヌの河岸で昼寝することもできた。だが、しなかった。

財布の中から、三枚の赤い切符も抜き取った。映画の切符ではなく、ルナ・パーク遊園地の入場券だった。

ネズミはなに食わぬ様子で、足を引きずって歩きながら熟慮した。最初は、財布をセーヌ川に捨てて、すっきりさせようかと思った。ネズミには踏ん切りがつかなかった。五百ドル札一枚と百ドル札一枚、フランス紙幣何枚かを永久に手放してしまうのは忍びなかった。

だが、これは危険な状態だ。例えばマルブッフ通りの角で最初の警官に出くわして、その警官が規則通り分署に連行しようと思いついて、規則通りか習慣通りに身体検査しようと思いつくかもしれない。

工事現場に財布を隠すのはどうだろうか？　旧型のバスが近くを通りかかって、車掌がステップに立ってメガホンでこう叫んだ時、ネズミはひらめいた。

「ロンシャン行き、二フラン！　ロンシャン行き！」

どうするかは、言うまでもない。かつて乗ったことのあるバスの一番後ろの席に座った。競馬場で仕事をすることがたまにあったからだ。くたびれた模造革の座席は取り外せないことを確かめた。そして、座席のシートと背もたれの隙間の奥にまで財布を押し込むと、時間を無駄にしないよう、ルナ・パークの正面にある、マイヨ門停留所でバスを降りた。

ネズミは入場する前に、慎重には慎重を期して山高帽の内側の鬘革の中に写真を差し込んで隠し、綺麗な赤い制服を着た回転ドア係の男に愛想よく話しかけた。

切符を見せるのも、こう訊いてみるのも、何ら危険はなかろう。

「これはもう使えませんかね？」

「使用済みだとわかりませんか？」

「いつです？」

三枚の切符はその前の日の六月二十二日火曜日、つまり自動車の事件の何時間か前に使われていた。三枚のうちの一枚は六歳以下の子供用の半額券だった。

今は、ロニョン刑事が仕事に就く頃だ。それはわかっていた。そして、その少し後にシャンゼリゼ通りを下りながら、ネズミは何かがおかしいとはっきり感じた。

これが無視してはならない、いつもの予感だった。何が普通と違うのかはっきりとはわからなかった。例えば、一人の巡査がすれ違ったあと、いきなり振り返った。一時間の間に二度も持ち場から離れた場所にいる同じ巡査を見たのだ。

今になってわかったことだが、それでは理解が遅すぎた。どういう手はずだったのかがわかったのだ。九区に所属するロニョンは、八区では何もできない。でも、八区の同僚たちを訪問して、こう伝えることはできる。

「ところで……ネズミの奴の動きを見張って欲しいんだが……」

地区の警官全員に伝えておくことで、分単位で何をしていたか知ることができる！

ネズミは九時にシャンゼリゼの映画館で、夜一回目の上映を見に来た礼装客の出迎えをした。十二フランかき集めて、ソーセージ百グラムと菓子パンをあてに、二リットルのワインをそっくり飲んでしまった。

そして、ロニョンを避けて、オペラ座ではなく、グラン・パレで寝ることにした。雰囲気も寝心地も変わらない。そして、グラン・パレの方が賑やかだ！

綺麗な若い女性がいたので、ネズミはいつも以上に張り切ってコントを演じた。女性は迷子になった子犬の説明をしていた。その間、警官がネズミのポケットを探っていて、よく調べるために上着を脱がせた。ネズミは女性を面白がらせ笑わせようと、ズボンも脱ぐふりをして膝まで下ろし、パンツを見せたのだった。

それでもロニョンは写真を手に入れた！　ロニョンに抜かりはなかった！　ロニョンは夜の間にやって来て、老人の服には何もなかったと聞き、帽子に目をつけたのだった。

ネズミは喉が渇き、鉄格子を鳴らし続けたが、ドアが開いたのは五分後だった。日勤班が夜勤班と交代していた。

「帽子を返してくれないと……」ネズミがぶつぶつと文句を言った。

警官は何のことかわからなかった。探すと、帽子はデスクの後ろにあった。ネズミは帽子を頭に載せると、分署を出て行った。

ネズミが帽子を取ったのはセーヌ河岸まで行ってからだった。写真は元の場所にあった、だが紙に針の穴が開いていた。

つまり、ロニョンは写真を複製したということだ。

これからは、二人の知恵比べだ。ネズミはロニョンの考えが手にとるようにわかった。行政上は、ロニョンが何かを知ったとしても、関わりのないことだ。ロニョンは地区警察《ポリス・ミエニシパル》に属している。九区に配属されていて、九区内に限っての公道上の監視、特に違法な売春の取り締まりが職務だ。

ロニョンは、上司に報告すべきで、その上司も司法警察に報告すべきであるような何か重大な犯罪を見つけただろうか？

ただ、ネズミが感じているように、これは個人的な感情の問題だ。ロニョンはネズミが嫌いだ。ロニョンはいい加減な人間が嫌いで、ふざけたことも大嫌いだった。ネズミがロニョンに『無愛想な刑事』というあだ名をつけた時、ロニョンは真っ青になって、顔をしかめた。

おまけにロニョンは執念深い男だ。刑事になるのに十二年以上かかっていた。正書法《オルトグラフ》（字の綴りや文法上の誤りのない文章を書くこと）のせいで、毎年試験に落ちていたのだ。そのあと、三度も巡査部長の資格試験を受けたが、三度とも、若い時分の何年かの学歴がなければどんな努力も無駄だと思い知らされていたのだった。

にもかかわらず、ロニョンはすべての服務規則を暗唱できたし、職務においては、どんな些細なことも見逃さなかった。それ以上だ！　やり過ぎた！　憎しみからではなく、といって喜びからでもなく、そのために給料をもらっているのだと考えて！

ネズミは焼けつくような太陽の下で、一日中ロニョンを探したが徒労に終わった。街は溶けたアスファルト の臭いがして、息苦しかった。

ロニョンが時々立ち寄るオペラ座の分署に三度行ったが、彼はいなかった。ロニョンは決まった時間帯にグラン・ブールヴァール（マドレーヌ寺院からレピュブリック広場に至る目抜き通り）に行き、歩くのが遅いと目をつけた通行人をじろじろ観察するのが決まりだ。だが今日は、いなかった！ そして新聞には、一昨日の夜にガブリエル通りに止められていた自動車のことや、中で殺されていたタキシードだか燕尾服の人物のことが一言も書かれていない。

国家の機密に関わるような重大な事件だからだろうか？ 奇妙なことに、時間が経つにつれて男の顔がはっきりとネズミの記憶に浮かんできた。

自動車がガス灯の近くに止まっていたかどうか、はっきりとは憶えていない。その時は、何も気をつけていなかった。でも、今は細部まで、特に男の外見が頭に蘇ってきた。綺麗なブロンド髪でぽってりと太った男で、外国人に違いないと今は断言できる。

ドアを開けた時に、財布は男の膝の上か、床にあったはずだ、なぜなら、ひとりでに落ちてきたからだ……。そして……。

誰の目にも、ネズミが考え込んでいるようには見えなかった。いつもと同じように頭を少し傾け、左足を引きずり、少し滑稽な足取りで、吸い殻を拾いながら歩いているからだ。だが、心は他所《よそ》にある。いつものことだ！

例えば、ネズミがドアを開けた時に、車の中にいたのはあの死人だけだったと誰が断言できる？

ネズミは今、そのことばかりを考えていて、頭を悩ませている。死体は冷え切ってはいなかった。硬くもなかった、柔らかかった、ぶよぶよしていた。

男が運転席にいたとしたら……。そして誰かが後ろにいて、後部座席にいて……。自動車はイギリス大使館の前に止まろうとしていたのではないか？　レセプションがあったのだとしたら？

その時、後部座席にいた男が身を屈めて、前にいた男の胸にナイフを突き立てたのではないだろうか？

なぜナイフなのだろう？　ネズミはなぜかわからないが、男はリボルバーではなくナイフで殺されたのだと思った。

財布を取ろうとしたちょうどその時に、ネズミが足を引きずる音が聞こえてきて、殺人者は後ろに下がって身を隠したのではないか？

ネズミは思い返して、冷や汗をかいた。車の奥から息遣いのようなものが聞こえてこなかったか？

ネズミが去っていくと、殺人者は前の席に移って、自動車を安全な場所にまで移動させた、そして落ちたとは知らずに財布を探した？

ネズミは近くに警官がいないか確かめると、テラス席でジョッキのビールで杯を重ねる客たちの足元をうろつき、吸い殻をかき集めながら、カモになりそうな客を見つけては、話しかけた。

「王子様よ、一杯飲むため二フランを下さらないか？」

同時にいたずらっぽい目つきでウインクすると、大概はうまくいった。

夜の八時になってもロニョンの姿はなかった。だが少しあとに、オペラ座分署の近くの歩道の端で腹を満たしていると、ロニョンの茶色い背広が見えた。ロニョンも確かにネズミを見たはずだ。ところが、いつもだったら他所《よそ》に行くように追いやるロニョンが、逆に足を速め、ネズミを避けるかのように顔をそむけた。

ネズミの方が足を引きずりながら懸命に追いかけた。近づくたびに、相手が歩を速めたので、呼び止めねばならなかった。

「おーい。刑事さん！　ちょっと待ってくださいよ！　伝えないといけないことがあります……」

ロニョンはすぐに立ち止まって、険しい顔を見せた。眉毛がいつも以上に分厚く見えた。

「何の用だ、言ってみろ」

「何でもありません」

「だったら？」

ロニョンは立ち去りそうだ！

「待ってください、落ち着いて！　言うことがあるんだが……。でも、そんなに急かさんでください……」

ネズミはどう取っ掛かりを作るかわからなくなった！　二人ともエキストラの出入り口の近くに突っ立っていた。空がバラ色に染まり、穏やかな夜だった。

「言ってみろ！」ロニョンがイラついた口調で言った。

「若いご婦人のことなんですが……」

ネズミは困ったような顔でウインクした。

「話を聞こう」

「誰のことだかわかりますよね?」

「話を聞こう」

「いいですか……。刑事さんはわしよりずっと頭がいいし、職権の濫用はよくない……。ギブ・アンド・テイクです! わしはいかさまなんかしない。わしに何か言ってくだされば、わしも何か言います」

ネズミの目は子供のようにあどけなかった。知っていてやっていた。しわの寄った老人の顔で、名人芸を演じていた。

「いいから喋れ!」

「いいや! 今も言ったでしょう。わしに情報を下されば、わしも情報を差し上げます。多分お役に立ちそうな……」

「それなら、署まで行こう」

「わしはここの方がいいです。分署だったら、他の刑事も話を聞くだろうし、刑事さんだけの手柄でなくなるのは別にしても……」

この言葉に、ロニョンがためらった。

「何を知ってるんだ?」

「わしの質問に答えてくだされば言います」

「どんな質問だ?」

「若いご婦人の住所は?」

ロニョンは相手の質問を真剣に受け止め、ネズミを伏し目がちに睨んで、考え込んだ。

「どの若い婦人だ?」

「ご存知でしょ。住所はわしだけでも探せます。だが、わしの手段は限られています。つまり、刑事さんはああいう写真を撮っている写真屋を全部訪問したはずです。わしの老いぼれた足ではどれだけ掛かることやら……。その上、刑事さんには同僚の助けもあるし……」

ロニョンは知りたくてじりじりしていたが、そっぽを向いていた。

「どんな話があるんだ? さあ、歩こう。みんなが見ている……」

「刑事さんに物乞いしているように見せましょうか?」

ネズミはやって見せたが、目には焦りの色があった。

「どうぞ刑事様、娘を探す哀れな男にご同情ください……」

「何の話だ? お前の娘なのか?」

「そうは言っていません」

ヘマはできない! 魚は餌をくわえた! ロニョンはほとんど腹を決めたようだ!

「ネズミみたいな物乞いでも、たまには大いに役立ちます……。ご婦人の住所がわかったんでしょう? 違うとは言わんでください! 顔に書いてあります!」

「だったら、お前から先に言え」

「それは不公平だ。誓って、私も知っていることを言いますから……。住所は？」

「モンスーリ公園通りだ」

「ライオン像の方ですか、それとも公園の方？」

「ダロー通りの近くだ……。今度はお前の番だ！　なぜあの写真を帽子に隠してたんだ？　火曜日の夜に分署で調べた時にはなかった。どこで手に入れた？」

「見つけたのです」

冗談が言える状況ではないとわからせるために、ロニョンは厳しい表情で睨んだ。

「裏に名前を書いたのは誰だ？」

「わかるでしょう、わしの筆跡をご存知なら。わしです！」

「何のためだ？」

「鉛筆を持ってたからです」

「署へ来い！」

オペラ座の入り口では、見張りの警官が、浮浪者と無愛想な刑事のやりとりが今度はどう進むのかと面白そうに見ている。その視線に気づき、ロニョンが癇癪を起こしそうになった。

「ついて来い！」

「待ってください。すべてお話ししますから……」

「名前はどこで見た？」

「アーチボルド・ランズベリーって名前ですか?」

「どこで見た?」

「自動車のプレートに書いてありました……」

ネズミは遊んでいる! 時間稼ぎだ。

「どこの自動車だ?」

「タヴェルヌ・ロワイヤルの前に……」

「なぜ写真の裏に、書き写した?」

「自動車の中にいた人が五フランくれたからです。その人のためにお祈りしたかったもんで……」

「男だったのか?」

「はい」

「中年か?」

「はい……。白髪交じりの……」

ネズミは不安になってきた。ロニョンは、なぜ写真の女性ではなくて、男の名前のことを訊いてくるのだろう。

「いつのことだ?」

「昨日の四時頃です……」

ガブリエル通りの死体、自動車の男がアーチボルド・ランズベリーなのだろうか?

「それから、写真は?」

「見つけたのです……」

「道の上で、偶然にか？」

「いいえ！　床の上に落ちていたんです、えーと、ワシントン通りの居酒屋で……」

ネズミは本当に怖くなってきた。これ以上おどけて時間稼ぎもできないし、ロニョンは厳しく追及してくる。

「それで、お前が言いたかったのは、どんな情報だ？」

ロニョンの目つきを見れば、答えに満足しなかったら、本当に厳しいことになるとわかった。

「わしが言いたかったのは……そうです、わしは写真の婦人に出会っていたのです。一昨日、そうです、二十二日の午後にルナ・パークで、です……」

「それから！」

「それだけです。紳士と小さな子供と一緒でした……」

「彼らを見たのか？」

「はい」

「どんな男だった？」

喋らないといけない、自分も知るために。

「……金髪で……綺麗な金髪で……太っていて……」

この返事はロニョンを落ち着かせたようだ。つまり、ロニョンの調べたことと矛盾していない！

ロニョンは念のために訊いた。

「ルナ・パークで何をしていた？」

「ご存知でしょ。時々アトラクションの手伝いの仕事があるんです……。太鼓を叩いて触れ回ったり、ミュージシャンの代わりにホルンを吹いたこともあります……」

ロニョンの頑固そうな顔には、お人好しだと馬鹿にされずに、理性を持って切り抜けようと熟考する様子が見て取れた。

「知っているのはそれだけか？」

「他に何を知り得ましょう？」ネズミは心底無邪気そうに返事した。

「そうだな……」ロニョンが独り言のように言った。

ロニョンはここで引き下がるのが惜しかった。ネズミの口から、まだ何か引き出せそうな気がした。あと少しで、予想もしなかった事実が明らかになるかもしれない。

「あの写真で何をするつもりだった？」

「刑事さんは、何をするつもりで？」

「俺の勝手だろう」

「わしの方は、個人的な感情の問題です。誰かを好きになるのは罪になりませんよね？」

「今日はここまでにしよう」ロニョンは立ち去ろうとした。

だが、また立ち止まって、最後に念押しした。

「決心がついたか？」

「何の決心ですか？」

これ以上話し合っても無駄だ。ロニョンは家に帰って考えることにした。

ネズミの方は、モンスーリ公園通りに行く途中にある中央市場《レアール》の分署で寝ることにした。そこは野菜の悪臭もして、オペラ座の分署の留置所より汚い。知り合いはいなかったが、幸いにも残飯でいっぱいの包みを持っている老人と同房になって、分けてもらえた。

寝る前にネズミは、ナイフで、うおのめを削っている同房の老人に訊いてみた。

「もしかしてだが、アーチボルド・ランズベリーというのを知らないか?」

「聞いたことがない」老人が答えた。


ロニョンは、写真の裏の名前を読んだあと、記憶違いでないと確かめるために、電話帳を開いた。パリのイギリス大使の名前と一致していた。名前は一箇所しか違っていなかった。写真の裏には『Sir《サー》』と書いてあったが、大使の呼称は『Lord《ロード》』（爵位で『ロード』の方が『サー』よりも位が高い）だった。

写真の女の身元に関しては、予想したよりも簡単にわかった。その日の午後、ロニョンは九区の同僚に仕事を代わってもらい、オルフェーヴル河岸の司法警察の鑑識課に出向いていた。

ロニョンは緊張していた。司法警察はロニョンにとって警察の中の貴族的存在で、配属されることが若い頃の夢だったのだ。

ロニョンが面会を申し込んだのは幹部ではなく、ただの写真係で、上の階の屋根裏部屋で会ったのはそばかすだらけの痩せた若者だった。

「九区のロニョン刑事です。お時間を割いていただき、申し訳ありません、というのも、上からの命令ではないもので……」

実は内気なロニョンは、ひどく引け目を感じていた。

「お伺いしたいのですが……この写真をお渡しして、身元を調べていただくとすれば、どのような方法が……」

「この女性をですか?」

「そうです。例えば、ここには同じ写真を複写するための写真機が沢山ありますよね? それを使って……」

「五、六年前には沢山ありました……。今は、自動複写機を使っています」

「それから?」

そう、それからどうするか? 専門家なら解決方法を知っているはずでは?

「犯罪者カードを調べることになるでしょう。そのあとはわかりませんが……」

それだけだった。写真係はそれしか知らなかった!

「パリの全部の写真屋をあたってみれば……」写真係は自信なげに付け加えた。

もちろんだ! もし必要なら、ロニョンはすべての写真屋をあたる覚悟だ。それが無給の仕事になったとしても、年次休暇を使っただろう! ネズミの隠していることがわかるならば。

念のために、風紀取り締まりの刑事に訊いてみることにした。詰まるところ同僚は同僚だが、相手は天下の司法警察だ。

一般人客のように、たらい回しにされ、待合室で待たされた。合計十回、写真を見せなければならなかった。そしてようやく書類が出てきた。

リュシル・ボアヴァン。セーヌ・エ・マルヌ生まれ。テルヌ通りのパン屋の住み込みの女中、違法売春で一度目の逮捕……。

七年前、十八歳の時に、二度目、三度目の逮捕。

ロニョンの得意の領域だった。いつものスタイルを取り戻して、念のためにメモを取った。

リュシル・ボアヴァンはすぐに心を改めた。何か月か後の刑事の報告書によると、リュシルはモンスーリ公園通り三十七番地に居を構え、定期的な収入を受け取るようになっていた。そして監視対象から外された。

実際リュシルにはルロアという名前のスイス人のセールスマンの愛人がいて、生活費を援助してもらっていた。

午後の五時、八区の警官たちがネズミの動きを見張っていた時に、ロニョンはモンスーリ公園通りのアパルトマンを訪れていた。アパルトマンは通りの日の当たる側に建っていて、ロニョンは入るなり、部屋の白い壁、鮮やかな色のカーテン、家具屋から運び込まれたばかりのようなピカピカの家具に目を瞬かせた。

五歳くらいの男の子がバルコニーで遊んでいた。リュシル・ボアヴァンは、部屋の色と同じように明るい色の服を着て、警察での前歴や、ふしだらな過去を思い出させるものは何もなく、緑色の毛糸で編み物をする模範的な若い母親だった。

ロニョンが眉間にしわを寄せ、無言で入って来ると、リュシルは驚いて訊いてきた。

「エドガーに頼まれたのですか?」

そして、濃い眉毛が近づいてきて不安になり、

「あの人に何かあったのではないですよね?」

「ないと思います。街でこの写真を見つけましたので、あなたに返さなくてはと思いまして……」

リュシルには訳がわからない!

「なぜ、この写真が私だとわかったのですか?」

ロニョンはしどろもどろになって、自分はダロー通りに住んでいて、リュシルを見たことがあって、この写真が大事な物ではないかと思い、返しに来たと説明した。

リュシルは困惑して、写真の端を指で挟み、いじり出した。

「エドガーが言ったのでしょ?」

ロニョンは落ち着かなかった、業務外だったからだ。出て行こうと急いだ。

「どうして、この写真をあなたが持っているのです? これは、彼がポケットに必ず入れていた写真に似ています……。言ってください。彼に不幸が起こったのではないですよね?」

子供が話を聞いていた。リュシル・ボアヴァンの髪は褐色なのに、男の子の髪は銀色がかったブロンドで、顔は乳白色だ。

「なぜ彼は来ないの？」リュシルが独り言のように呟いた。

リュシルはこの訪問者を不審に思い、椅子を勧めなかった。部屋は心地よい温度で、物は散らかっていないし、ホコリもたまっていない、高級なクリニックに少し似たこんなアパルトマンに住みたいと、ロニョンは思った。

「ルロアさんをお待ちなのですか？」ロニョンは不用意にも尋ねた。

「やっぱり彼を、エドガー・ルロアをご存知なのですね！ 早く用件を言ってください」

「誓って言います。写真を見つけただけなんです。それで、牛乳販売店にあなたの住所を訊いて、返しに来ただけなのです」

「でも、なぜ私の男友達の名前がわかったのですか？」

リュシルは、何のやましさも感じさせず、子供を気にすることもなく、単に『男友達』と言った。

「管理人の女の人から教えてもらいました」

「えー」

リュシルは嘘だとわかった。でも、どうやって問い詰めたらいいのかわからなかった。ロニョンが後退りしながら出て行き、エレベーターを使わず四階の階段から足音を響かせて降りて行くのを見送るしかなかった。リュシルは写真をテーブルに置き、長い間見つめていた。

無意識に写真を裏返し、『サー・アーチボルド・ランズベリー』という名前を読み、肩をすくめた。

「いずれわかるわ」とでも言うように。

リュシルはそんな名前を聞いたこともなかったし、新聞はほとんど読まなかった。

三　フレデリック・ミュラー氏とハンガリー女性のドラ嬢

恐怖の二時間だった。大袈裟な表現ではない。壮大さも、何の詩情もない恐怖ではあったが……。広々とした待合室で、落ち着き払った他の来客たち七、八人の目に晒されて身じろぎもできず、緊張で始まった二時間は、少しずつパニックへと変わっていった。

ロニョンは預けた茶色の帽子を返してもらうために使用人を呼ぼうと、何度も立ち上がりそうになった。ロニョンは膝の上に帽子を置いて待つのが習慣なので、余計に落ち着きを失くしていた。

イギリス大使館に入るや否やロニョンは後悔していた。そして、窓の外の並木道で自由に伸びる木々の葉を、羨ましげに眺めた。

どちらにしろロニョンは間違っていた。ロニョンは、妻に口うるさく注意されているように、いつも技量以上のことをしようとして失敗する。

ロニョンは、ドル紙幣の入った封筒にまつわる、うさん臭さを解明して、刑事は馬鹿ではないのだとネズミに教えてやりたかった。

ただ、今度ばかりは、少し強く出過ぎた！　名刺をイギリス大使のアーチボルド・ランズベリー卿宛てに渡したのだ。地区警察刑事《ポリス・ミュニシパル》の肩書の網版印刷の名刺を！

待合室に案内された来客たちには、立ったままの客もいれば、椅子に座る客もいる。でも、ロニョンの他に、二十分以上待たされた客はいなかった。

一時間経って、ロニョンは不安で汗をかきだした。そして、きっと大使は警視総監に電話をして、この無礼な振る舞いに苦情を言っているに違いないと思い込んだ。

そして突然に、豪華な応接室に案内され、勿体ぶった若い男が椅子を勧めた。

「ランズベリー卿ですか？」ロニョンが口ごもった。ロニョンは冷静さを失って目が険しくなっていた。

「私は秘書の一人ですが……」

「でも、私はランズベリー卿ご本人に……」

それから先がどう進んだかは、記憶が曖昧だ。二つの執務室を横切り、キルティングされたドアの敷居をまたぐと、予想もしなかった荘厳な部屋にいて、片眼鏡をかけた人物が座っていた。

「私はただあなたが……閣下がこの人物をご存知かどうか知りたく……」

ロニョンはリュシル・ボアヴァンの写真を見せた。ロニョンは、用意周到に六枚も複写を作っていたのだ。そして自分だけで使うために持っていた。だから、使わなければいけないのだ！

大使は質問にひどく驚いた様子で、しばらくの間写真を凝視してから、ロニョンに返した。

「どなたですか？」大使が尋ねた。

「いえ……大したことではないのです……。閣下のご面識がないのであれば……」

ロニョンは帽子を忘れて外に出ていた。使用人が帽子を返しに追いかけてきた。ロニョンは、恥をかき、憔悴して、口惜しかった。その上恐れていた。なぜなら、名刺はまだランズベリー卿の手元にあって、念のために警視総監に電話することだって大いにあり得るのだから。

さて、大使館の門をまたぎ、前の歩道に出たロニョンだが、ベンチで静かに座っているネズミを見つけた。

ロニョンは反射的に動いた。ロニョンが決然として近づいて行くと、ネズミは肘を上げ、パンチを避けるような仕草をした。

「ここで何をしている？」

「見ての通り、飯を食ってるんです！　ところで、刑事さんの方は？　何と言ってました、アーチボルドさんは？」

大使館の入り口に立っている制服姿の門番が、二人を見ている。ロニョンは、これ以上、不用意な行動を取ると取り返しがつかなくなると感じて、つっけんどんに言った。

「いいか……。じっくり話をしよう。今晩八時ぐらいに家に来られるか？　二十九番地だ」

「コンスタンタン・ペクールですね。知ってます！」

ネズミはウインクすると、時々、屈んで吸い殻を拾いながら、左足を引きずり去っていった。

八時にアパルトマンのドアがノックされると、ロニョンが妻に合図し、妻は息子の腕をつかみ寝室へ入って行きドアを閉めた。同時に、ロニョンはラジオのボリュームを下げて、ドアを開けに行った。

部屋の中は、ほとんど片付いていた。夕食をわざわざ早めに取っていたからだ。ただ、息子のノートと算数の教科書がテーブルの上で開いていた。そしてサイドボードの上にプラムが残っていた。ネズミは、何が待っているのか興味津々の様子で入って来ると、いつものようにおどけて、周りを見回し小さく口笛を吹いた。

「ほう！　悪くないお家《うち》じゃないですか！」

あまりスペースがないのが、一番困った問題だ。部屋が狭い。家具の間をやっと通れるくらいだが、それでもオレンジ色のガラスのランプシェードがくつろいだ雰囲気を出してはいる。

ロニョンはスリッパを履いたままだ。

「ここに座れ」

ロニョンは大使館にいた時のパニックのような嫌な感覚に襲われた。ヘマを、特に地位を脅かすようなヘマをするのではないかと恐れながら、言葉を探した。

ロニョンは、ネズミも極度に緊張し、熱っぽくさえあって、目がうつろになっていると感じたが、それは刑事の家を初めて訪問したからだろうと誤解した。

「真面目に話し合おう、いいか？」ロニョンは家でしか吸わないパイプにタバコを詰めながら言った。

ロニョンは笑顔を作った。

「フェアプレーだ……。いいな？」

ロニョンがこういうふうに『いいな！……いいな！』と繰り返すのは、自信がない時だ。そして、今回は延々と繰り返している。

「正々堂々とだ、いいな？」

ロニョンには、テーブルマットの房飾りに隠れて、膝の上に置いたネズミの両手が震えているのが見えなかった。

なぜなら、六月二十三日、六月二十四日、そして六月二十五日の朝になっても、新聞には自動車のことや死体のことが一言も書かれておらず、ネズミがこんな記事を夕刊で読んだのはわずか一時間前のことだったからだ。

スイス人銀行家
パリでの不可解な失踪

警察は有力銀行家・バーゼル出身のエドガー・ロエム氏の不可解な失踪の事実をつかんだところ。

〈バーゼル・グループ〉の名で知られる大手金融グループを率いるロエム氏は、ヨーロッパの複数の首都に、特にパリに頻繁に滞在している。

パリでは、ヴァンドーム広場のホテル・カスティリオンのスイートルームを年間契約で借りていて、フランス支店の代理人であるフレデリック・ミュラー氏も居住している。

そして、ここからが重要な事実なのだが、ロエム氏がパリに滞在中は、エトワール広場の自動車修理店で大型の自動車を借りて、自身で運転するのが常となっていることだ。

六月二十二日の夜八時頃、この自動車でロエム氏はヴァンドーム広場を出発しており、礼装だったことから、数か所のパーティーを訪れたものと思われた。

留意すべきは、ロエム氏は、控えめな性格で、金融界の一部だけで知られていて、社交活動も最低限に絞っていたことである。

氏はその夜どこへ行ったのであろうか？　氏は行き先を代理人のミュラー氏に告げていなかった。翌日以降、氏がホテル・カスティリオンに戻ることはなかった。そして本日六月二十五日の午後現在、氏の消息は不明である。

ロエム氏は行き先を告げないことがしばしばだったので、今回もブリュッセルかアムステルダムへ行ったものと、ミュラー氏は思い込んでいた。だが、電話で確認した結果、どの拠点にもロエム氏は行っておらず、今回の不在は本人の意志ではないことが推測される。

ロエム氏が借りた自動車は、自動車修理店が最近セーヌ・エ・オアズ県の実業家から買い取ったもので、ナンバープレートは、変更されておらず『ＹＡ５‐６７１３』のままである。ダークブルーの車体で、車内に運転席がある六座席の自動車である。

ロエム氏は背が低く太り気味、鮮やかなブロンドで、わずかななまりがある。

フレデリック・ミュラー氏によると、氏は大金を持って出る習慣はない。

捜査は、司法警察のリュカ警視に委ねられた。

この記事を読む一時間前には、あの死体の身元は不明のままに終わるだろうとネズミは安心していた。ロニョンの家での面会を心待ちにして、楽しそうに足を引きずりモンマルトルの方へ歩いていた。

ネズミが新聞を読んだのはクリシー広場のタバコ屋で、それから後は、平静を取り戻そうとしても無駄だった。

「タバコは吸うか?」ロニョンがつっけんどんに勧めた。

「結構です……」

隣の寝室では、ロニョン夫人が子供を寝かしつけていた。上の階から足音が聞こえてくる。ロニョンは、一瞬間を置いて厳しい表情を作ると、ネズミを睨んだ。

「フェアプレーだ、いいな?」

この『いいな?』が、ロニョンの自信のなさを晒しているのだ。

「よく聞け。俺を知っているだろ。俺は知りたいことがわかるまで、お前を放すことはない……」

「知っていますとも!」

「俺の同僚には、もっと他のやり方をとる奴もいるがな」

ネズミは笑いを浮かべた。脅しは怖くなかった。ロニョンは、でっち上げかそうでなくても、何かの罪での逮捕を仄めかしている。浮浪者を捕まえる時の常套手段だ。

パイプが汚れていて、小さく不快な音を立てている。だがロニョンは慣れているらしく、気づいてもいない。

「もしお前に何か後ろめたいことがあったとしても、俺がうまく収めるから心配しなくていい。俺は、お前を裏切るような男じゃない」

それは本当だ。ロニョンは本当は正直な男だ。もっといえば、お人好しだ。

ロニョンは何も知らない。知りたがっているだけだ！

「素直に答えろ！　それが最善の方法だ」

「誰に答えるんですか？」ネズミが、とぼけて訊いた。

「もちろん俺にだ！」

「失礼ながら！　答えないといけない相手は、九区のロニョン刑事になのか、コンスタンタン・ペクール広場二十九番地のジョゼフ・ロニョンさんになのか？　わしが知りたいのはそのことです」

当然の成り行きだ！　ネズミを家に呼んだのが間違っていた。

「答えたい方に答えろ。まず、どうやってあの女性を知ったのか言いなさい」

「リュシル・ボアヴァンですか？」ネズミは平然と言った。

「やっぱり彼女を知っているんだな！」

「刑事さんと同じです。知ったのは、ついさっきです。あんたはご親切にも、写真の女の人は、モンスーリ公園通りに住んでいると教えてくれました。今朝、公園に行ってリュシルと同じベンチに座りました。リュシルは、男の子を公園で遊ばせていました……」

「彼女に話しかけたのか？」

「いいえ、ベンチでは……。街で女性に声をかけるのは、良くないことです。リュシルがオルレアン通りで買い物をして、家に帰るまで待ちました。彼女は羊の骨付き肉を二つ買っていました……」

「家まで行ったのか？」

「はい、刑事さんと同じで、写真を返しに！　リュシルはわしを恐ろしげに見てから、マントルピースの上に置いてあったそっくり同じ写真を取りに行きました。さっぱり事情がわからない様子でした……」

「彼女は何と言ってた？」

「ルロアという人を知らないかと聞かれました。リュシルは震えていました。今にも泣き出しそうでした……。わしは正直に、ルロアという名前は聞いたことがないけれど、写真の裏に名前が書いてあると答えました。ご存知でしょ？　アーチボルド……」

「それからどうした？」

「それだけです！　すぐにお暇《いとま》しました。出てからすぐ、タバコ屋に入って電話帳でアーチボルド・ランズベリーという名を探そうと思いつきました。だが、わしには大使館の通行証はありません……。アーチボルドさんは何て言っていました？」

「何もだ」

ロニョンは口が滑った。言い直した。

「お前には関係ない」

「ほら、見てごらんなさい、あんたの態度を！　わしは全部正直に言いました、何も隠しごとがない男として……。いやはや！　ひどい暑さですね、刑事さんの家《うち》は……」

ネズミは額を袖で拭ってから、立ち上がった。

「もうお互いに、これ以上何もお話しすることはないですよね……」

「モーゼルバック！」ロニョンは初めてこの名で呼んだ。

「はい、何でしょう？」

「本当のことを言え！」

「どんな本当のことです？」

「ドル紙幣と写真を、どこで手に入れた？」

「もう一度言わなくてはならんのですか？　こうです！　火曜日でした。救世軍の平底船まで行って飯を食いました、火曜日がわしの日なんです。雨が降っていて……」

「訊いているのは、そんな作り話ではない！」

なぜならネズミは嘘をついているからだ！　ロニョンにはわかっていた。最初から、ネズミが道化を演じながらオペラ座の分署に入って来た時からわかっていた。マキシムのドアボーイ、レアに借りようとしたタクシー代の四フランの話、時と場所のすべてが作り話だ！

「もし、どうしてもとおっしゃるなら、話を作りましょうか。それだったら、得意中の得意だ。わしが酔っ払いから紙幣を盗んだのだとしましょう……」

「もういい！」

ここまでにしておいた方がいい。ロニョンは、取り返しのつかないことをしてしまいそうだった。

ロニョンは、ドアまで行って開けた。

「どうなるか見てろ」ロニョンが脅しつけるように言った。

「それを言うために、わしをお呼びでしたか！……まあ、ともかく、お暇《いとま》します。もしまたわしに用があるなら、十二時からはオペラ座の分署におります」

五階から階段で降りながら、ネズミが呟いた。

「ロエム……ロエム……ロエムという名前か……」

それで？　自分にどう関わってくるのか、良く考えよう。


翌日の正午に、ロニョンは管区警視長の部屋を出て、心の重荷が下りた。これでいい！　そもそも警視長は話をあまり注意深く聞かなかったが、何度か「ほう！……ほう！」とうなずき、最後にこう言ったのだ。

「紙に書いてくれないか。念のために、報告書を送っておこう。でも、今のところは、何の訴えもないからなあ……」

ロニョンは、分署で報告書を書こうとして、何行か書いては、四、五枚捨てた。そして、結局家で書くことにした。

ロニョンには、ひどく困難な仕事だった！　口頭だったら、いかに怪しいかわかってもらえた、少なくとも、もっともらしく説明できた。文にすると、たわごとに見えてしまう。

……本職が十年来の面識のあるネズミの態度は確かに……。
……写真を帽子の内側の革の下に隠したという事実は、明白に……。
……誰かが六月二十二日に十五万フランという金額を本当に失くしたのであれば、その事実は直ちに周知されるのが……。

ロニョンは報告書を妻に読んできかせた。妻は気分があまり良くなく、ほとんど聞いていなかった。

「どう思う?」

「他人をあんなふうに家に呼ぶもんじゃないと思うわ。あとで、どうなるかわかったもんじゃない!」

それでも報告書が警視長の机に置かれると、ロニョンは肩の荷が下りた気がした。考えを切り替えるために、その夜はいつもより入念に、路地の隅々まで夜の見回りをしようと決めた。そして、またドル札と写真の一件に戻ってしまう誘惑に負けないように、ネズミを避けることにした。

スイス人銀行家事件に新展開
ハンガリー人の若い女性がフレデリック・ミュラー氏を銀行家の殺人で告発

昨日の夕刊で、スイス人銀行家エドガー・ロエム氏が、六月二十二日の夜八時にパーティーに向かうため、ホテル・カスティリオンを出て以来行方不明だとお伝えした。警察に連絡したのは、フランスでの氏の代理人フレデリック・ミュラー氏だった。

今朝、司法警察のリュカ警視が、捜査に必要な情報を得るためにホテル・カスティリオンを訪れた。

ホテル・カスティリオンはカスティリオン通りとヴァンドーム広場の角に建っているが、その外観に目立った豪華さはない。毛皮店のショーウィンドーと有名画商の間にある一階の入り口は、簡素な回転ドアである。

雰囲気はいかめしく、少し古めかしい。緋色の絨毯が敷かれ、銅のトーチランプで照らされた階段を上り二階に上がると、サロンと事務室がある。

客は常連客だけで、特に派手さよりも静けさを好む外国人実業家が多い。

四十年来勤めるホテルの給仕長によると、エドガー・ロエム氏は特に質素で控えめな人物だったようである。

給仕長は付け加えて、

「面識のない人が見れば、公務員か銀行の会計係と思ったことでしょう。いつもグレーの背広を召しておられました。グレーがお気に入りの色でした。いつも同じスイートルームに滞在されていて、壁紙もグレーにするように申し付けられました。

ロエム様のスイートルームには執務室はなく、続きになっているミュラー様のスイートルームにありました。原則としてロエム様が人と会うことはありませんでしたし、電話にも出られませんでした。

ミュラー様が来客の応対をされていました。そして応対の途中で時々席を外しては、隣の部屋のロエム様と打ち合わせをされていました」

そして、ロエム氏の私生活について質問をすると、

「あの方の女性関係ですって？　絶対にありません！　女性にも、アルコールにも、タバコにも、無縁な方でした」

最後に、ロエム氏の人物像をより明確にする言葉として、

「いいえ！　あの方が仕事に忙しかったとは申せません。書類はミュラー様の金庫に入っていました。例えば、切手収集の趣味で何時間も過ごされていました」

今朝の新展開の話をしよう。口が堅いことで有名なリュカ警視が一時間近くフレデリック・ミュラー氏と面談したが、何が話されたのかは明らかでない。

私たち数社の記者がホテルのロビーにいると、非常に洗練された若い女性が上の階からエレベーターで降りてきた。

その女性はその興奮した様子よりもむしろ、薄いシルクのドレス姿と赤褐色の髪で私たちの注意を引いた。女性は私たちが新聞記者だとわかったのだろう、躊躇なく私たちに近づいてきた。

「彼はまだ中にいるの？」女性はミュラー氏のいるドアを指さして尋ねた。

そして、返事を待たず、通りかかった給仕長を呼んだ。

「ジェルマン！　すぐにカクテルを持ってきてちょうだい」

「ドラ様、バラのですね？」

ルーマニア人？　ハンガリー人？　私たちは小声で何なまりなのか議論した。その間、女性は苛立った様子で、ロビーの緋色の絨毯をハイヒールで大股に歩き回っていた。そして、給仕長が運んできたカクテルを一気に飲み干した。

給仕長と支配人がその様子を心配そうに見つめ、小声で話し合っていたことを付け加えておこう。

その時ドアが開いた。警視が最初に出てきて、髪をきっちりと分けて痩せたミュラー氏が出てきた。

ミュラー氏が手を差し出しリュカ警視が握手しようとしたその瞬間、先ほどの若い女性がキッパリと言った。

「エドガーを殺したのはその人よ！」

動揺が走った！　しかし女性は極度の興奮状態で、時々外国語交じりに、喋り続けた。

「いいえ、私は気なんかふれていない。ミュラーはそう信じ込ませようとするだろうけど……。

（リュカ警視がサロンに向かおうとしたので、女性はさらに声を張り上げた）記者さんたち、聞いてちょうだい……。私はミュラーがエドガー・ロエムを殺したと言っているのよ。ミュラーは二十二日の夜八時にロエムさんを見たのが最後だと言っているに違いないけど……私は二人が自動車で一緒に出かけたと明言するわ。あの朝二人で長い間議論していて、いつもは物静かなロエムさんが声を荒らげていた、給仕長も認めるはずよ」

警視は女性をサロンに呼び入れて、ドアを閉めた。そして警視は、司法警察に電話したらしい。なぜならば、三十分後に予審判事が書記を引き連れ、ホテルに到着するとサロンに入りドアが閉まったからだ。

少し後で、給仕長のジェルマンが呼ばれ、数分後に出てきたが、私たちには口を閉ざしていた。ロエム氏と代理人の口論についても、否定も肯定もしなかった。

情報の出所は明らかにできないが、ハンガリー人のドラ嬢は、ブダペストの法曹界の名家の出身で、一年以上前からホテル・カスティリオンに滞在し、フレデリック・ミュラー氏と親密な関係を続けている。

ホテルの使用人たちは口をつぐんでいるが、ドラ嬢はミュラー氏の愛人であったことが推測される。買い物の請求書はミュラー氏が支払っていたこともわかっている。

尋問の結果については、何の情報も得られなかった。正午にリュカ警視と予審判事は、一言も語らずタクシーで去っていった。

ドラ嬢は、私たちを無視しロビーを走って横切り、エレベーターに乗り、居室に戻って閉じこもった。ミュラー氏は逮捕はされなかったが、司法の監視下に置かれている模様である。ともかく、昼過ぎにホテルの前を通ると、司法警察の刑事の姿が確認された。

「ここで何をしているんだ?」

「おわかりでしょ、お巡りさん。何もしていません。お巡りさんは?」

「むろん異常ないか見ているんだ」

ネズミは不思議そうに肩をすくめた。八区や九区だったら、こんな調子で声をかけられることはない。特に、こんな突拍子もない質問をされることは決してない。

でも、そうだ！　ヴァンドーム広場は二区にあって、エトワールからオペラ座界隈では有名なネズミも、縄張りを離れれば名も無い浮浪者に過ぎないのだ。

今日は土曜日だったろうか？　多分そうだ、沢山の観光バスが止まっているから。ヴァンドーム広場の円柱の前には、パリ観光の週末チケットを持ったイギリス人観光客で満員の観光バスが、一時間の間に三台止まった。

物凄い暑さだ！　新聞には、まるで海岸でのようにセーヌの河岸で水着を着た人たちの写真が載っている。タイトルは『猛暑のパリ』。

ロニョンの姿が見えない。ネズミはわざとオペラ座の分署で寝たのだが、昨日の夜中もロニョンを見なかった。無愛想な刑事の姿が見えないのは、見え過ぎるのと同じぐらい不安になる。

エドガー・ロエム……ミュラー……ドラ嬢……ネズミは記事を空で覚えた。さっきの記事が一番良かった。ネズミは他の新聞も読んで、比較していた。

ネズミは髪の毛をきっちりと分けたミュラーを特に見てみたいと思ったが、ミュラーは外に出てこなかった。カスティリオン通りでは、司法警察の刑事の他に二人のカメラマンが、毛皮を見るふりや、絵を見るふりをしながら行ったり来たりしている。

いつもと勝手は違っても、ネズミは数枚のペニー硬貨を別にして、三フランを観光客からせしめた。遠くからその様子を見ていた警官が大股で道路を渡って近づいてきたので、ネズミはしばらくの間、姿を消さなければならなかった。

もし、他の誰かに代わって、調べられたなら！

ロニョンは、イギリス大使館に入って、あのアーチボルドに会っている。リュカ警視は、ミュラーとドラ嬢を尋問して、ロエムの書類を調べている。新聞記者でも、ホテル・カスティリオンに入って、使用人たちの話を訊いている……。

座席の間に財布を隠したあのバスは、今の時間は、オートゥイユ競馬場に向かってゆっくりと走っていることだろう。だがネズミには、そのバスの座席から、幾ばくかの金を取り出すことさえできない！

財布の中の封筒を取りに行くのも危険だ。もっと注意深く見ておくべきだった。

……サー・アーチボルド・ランズベリー……。

この事件にどんな関係があるのだろう、この人物は？　そして、なぜ『Lord《ロード》』ではなくて『Sir《サー》』なのだろう？　そして、なぜ死体がイギリス大使館のすぐ近くにあったのだろう？

警官が四度目に大股で近づいてきて、ネズミは今度こそ本当に他所《よそ》に行くことにした。ネズミは落ち着く暇がなく、うんざりしていた。いっそのこと、このまま全部放っておこうかとも思った。どっちにしろ、一年経ったら十五万フランは手に入るし（ドルの価値が下落しなければだが）、あの司祭館を買うことができるのだから！

だがネズミは、セーヌ河岸の日陰で涼を取る代わりに、アール橋《ポンデザール》を渡り、十五分後にサンジェルマン大通りを歩いていた。

ネズミは相変わらず左足を引きずっている。歩くのは早くない、でも前に進んでいる、なぜなら休まないからだ。

ベルフォールのライオン像（パリ十四区、ダンフェール・ロシュロー広場の中心にある銅彫刻）に着くまで、ずっと同じことを考えていた。ルナ・パークの三枚のチケットと、昨日の朝モンスーリ公園のベンチでリュシル・ボアヴァンの隣に座っていた時に聞いた一言だ。

男の子は少し離れた場所にいて、茂みの中に姿が隠れた。リュシルは緑色の毛糸の編み物の手を休めず、穏やかな声で、辺りを気にすることもなく、慣れた様子で、甘やかすように子供を呼んだ。

「エドガー！」

ネズミは漫然と聞いていた。だが、新聞でロエムの名前もエドガーだと知ってからは……。

ロニョンも子供の名がエドガーだと知っているに違いない。そしてロニョンは新聞を読んでいる……。

何か切り抜ける方策を考えなければ！　うまい方策を……。

あれだけうまくやったというのに、不運だとしか言いようがない……。

ネズミはモンスーリ公園通りの日陰側を歩いた。喉が渇いたが、飲まなかった。飲んだ途端に、ロニョンに不利な状態で会うのを恐れたのだ。

その上、ロニョンのことは置いておいても、ネズミは重大なことに気づいた……。

夕刊にはまだロエムの写真は出ていない、とは言っても……明日には出てくる！　行方不明者の写真は必ず新聞に載るものだ、特にこんなに不可解な状況で、ましてや、銀行家の場合なら絶対に載るだろう……。

リュシル・ボアヴァンには、セールスマンの夫のルロアの写真だとわかるだろう。ルロアはロエムの偽名だったのだ……。

すると、その先はどうなる……。

あれだけうまくやったのに、ネズミは絶体絶命だ！　これがネズミの結論だ！　だから、一滴のペルノーも、グラスの赤ワインも口にしなかった。

八日前なら、どうなろうとも良かった。だが、生まれ故郷のビシュヴィレール・シュール・モデ村の廃れた司祭館の持ち主同然となって、故郷に錦を飾り、村の名士になるのが確実となった今は話が違う……。

四　大銀行家の慎ましい家計

リュカ警視が突然に、怒りをあらわにして、乱暴にスイートルームのドアを開けたのは、六月二十七日、日曜日の午後五時のことだった。ロビーの一角にいる新聞記者たちを一目で見抜き、笑いが消えた中で、例のあの言葉を放ったのだった。

「この事件にはおそらく、犠牲者がいるのだということを、諸君は忘れているのか！」

声を発しながら、リュカ警視の目は、グループの真ん中にいるネズミに向けられていった。すぐに、ネズミは動きを止め、体を小さくして、記者たちの間に紛れ込もうとした。

開いたドアの隙間からは、エドガー・ロエムのサロンの様子がかいま見えた。ドアの取っ手をつかんだまま、警視はすぐにサロンに戻ろうとした。だが、ロビーにいる刑事を呼んだ。

警視は、ネズミを指しながら、小声で何か言った。ネズミには、唇の動きで、何を言っているのかがわかった。

「あの男は、何の用だ？」

刑事が返事した。

「警視に伝えたいことがあると言っています、おかしな男です……」

ネズミは二人の動きや表情を何一つ見逃さなかった。

「わかった！　後で会ってみよう」リュカ警視はそう言ってから、サロンに戻りドアを閉めた。すぐに記者たちは、女教師が出て行った後の生徒たちのように、ネズミの周りを取り囲んだ。ネズミは、記者たちを半時間も笑わせ続けて、遂には警視を煩わせた、いつものおどけた人物に戻っていた。

「それじゃ、無愛想な刑事の話の続きを聞かせてくれ」

ホテルの支配人の迷惑顔にはお構いなく、カメラマンたちがソファーの上に乗って、ネズミの写真を撮り始めた。


日曜日の朝はネズミが想像した通り何ごともなく過ぎていた。大方のパリ市民が田舎に行って、街が日曜日の静かな外観を取り戻した頃、リュシル・ボアヴァンはいつも通りに戸口の前の牛乳入れの上に置かれていた新聞に気づいた。この時間、アパルトマンは日当たりが良すぎて、無数の光が物の形を消し去ってしまったような印象だった。

男の子はココアを飲んでいた。ナプキンを首からぶら下げ、小さな足は床にも届かない。

新聞は、正午まで、それどころか夕方までテーブルの上に置かれたままだったかもしれない。リュシル・ボアヴァンが新聞を広げたのは、偶然のことだった。リュシルは小さく悲鳴をあげ、振り返ったが、男の子は気づいていなかった。リュシルは一面に載っている写真をもっと近くで見るために、急いで寝室まで行った。

謎の失踪をした銀行家、エドガー・ロエム氏

新聞社は十年前の古い写真しか入手していなかった。その頃のロエム氏はまだブロンドの長い口髭を蓄えていて、一九〇〇年のパリ万国博覧会から出てきたような印象だった。

リュシル・ボアヴァンはそれでも、男友達のルロアの写真だとわかった。十分後に、リュシルは着替えを済ませて、子供も着替えさせて管理人の部屋まで連れて行くと、帰ってくるまで預かってくれるように頼んだ。

ここ何年かで初めて、十時になっても部屋の中が散らかったままだった。そよ風のせいでカーテンがゴム風船のように膨らんでいた。窓が開いたままだったからだ。

リュカ警視が自宅にいると、司法警察の部下の刑事から電話で報告があった。十時半に、リュカ警視が執務室に着くと、廊下には六人ほどの記者たちがいた。

午後の新聞に若い女性の写真と記事が載った。

リュシル・ボアヴァンという女性がスイス人銀行家エドガー・ロエム氏の写真をはっきりと確認した。だが女性の愛人だった銀行家は、スイス国籍のセールスマンだと自称していた。

リュカ警視は、今日の午後に、リュシル・ボアヴァンをホテル・カスティリオンに案内し、ロ

エム氏の衣服に見覚えがあるか確認する予定。

ミュラー氏は自室を離れず、パリで最も高名な弁護士の一人と昨日の夜に面会した。だが、弁護士は一切のコメントを拒否した。

昨日の朝のヒロインであるドラ嬢は、気分がすぐれないと返事し、一切の面会を断っている。


ネズミはオペラ座の分署で寝たが、ロニョンは来なかった。ネズミが臆面もなく巡査部長にロニョンの最近の様子を尋ねると、答えが返ってきた。

「ロニョンは昨日、年次休暇願いを出したよ。明日か明後日には、毎年ヴァカンスに行ってるカンタルに出かけるはずだ」

ネズミは午前中は、マドレーヌとサン・フィリップ・デュ・ルールの教会で小遣い稼ぎをした。そして午後は競馬場行きのバスに乗り、座席の後ろにまだ財布があるか、こっそりと確かめようと思っていた。だが、ネズミはキオスクで午後の新聞を読んで、気が変わった。

ネズミが午後の三時まで何をしていたのかを言うのは難しい。暑く人気《ひとけ》のない街を歩きながら、考えていた、というより、妙案をむなしく探していた。

ネズミは財産など持ったこともないのに、急に守銭奴の気持ちになった。ネズミは、自分こそが遺失物係に預けたあの宝の法的な所有者だと思った。自分の財産が脅かされていると思うと、ネズミは動揺して、足を引きずり歩道を歩きながら独り言を言っていた。

こんなことまで言っていた。

「……そんなことでは正義などない」

時々、警官たちの様子を見ては、自分を見張るように指示が出ていないか確かめた。なぜなら、リュシル・ボアヴァンは、ロニョンと自分が訪問してきたことを、リュカ警視に話さないわけがないからだ。

ロニョンがまだヴァカンスに出発していないとしたら、すぐには行かないだろう。コンスタンタン・ペクール広場に行って確かめないと……だが遠すぎる。ネズミは三時にヴァンドーム広場に着いて、ホテル・カスティリオンの周りを十五分ほどうろついた後に、ホテルの回転ドアを押した。

最初の前哨戦は、追い出そうとするドアマンとだった。

「警視にお話ししたいことがあるのです」そう宣言した。「重要な話が……」

様子を見に来た刑事とも同じやりとりがあってから、ネズミは新聞記者たちのいる二階のロビーに上がっていった。

ネズミは震え上がっていた。だからこそ、ネズミは記者たちの前で、いつも以上に饒舌に、いつものコントを演じ始めた。

「最初に言っておくが、わしはある時はオペラ座に住み、またある時はグラン・パレに住んでいるんだ」

どっと笑いが起こった!

「もちろん、地下にだ、要は鉄格子の中だよ。わしには長い付き合いの仲間がいて、まあ親しい敵といってもいいが、ロニョン刑事というんだ、わしは無愛想な刑事と名付けてやった。火曜日……

いや、水曜日にワシントン通りのバーでだ、なぜならわしは綺麗な街にしか行かんからだが、女の写真を拾ったんだ。そしてその女にぞっこんになってしまったんだ……」

ネズミは忙しく身振り手振りをして、額にいっぱい汗をかきながら、同時にリュカ警視とリュシル・ボアヴァンのいる部屋の扉の様子を窺った。

そして記者たちがネズミの漫談にどっと盛り上がったその時、扉が開いてあの言葉が響き渡ったのだ。

「この事件にはおそらく、犠牲者がいるのだということを、諸君は忘れているのか！」

記者たちが鉛筆を走らせる音がした。その言葉は一言一句書き写され、すべての記者たちは『おそらく』に下線を引いていた。ただ一人、ネズミの顔がこわばった。

この時、ネズミに何が起こっていたのか？　ネズミは身震いし、あの男は確かに死んでいた、それは間違いない、と自分に言い聞かせて平静を保とうとしていたのだった。

ネズミにある考えがよぎっていた。もし、すぐにも自分がサロンに呼ばれて、自動車の男が元気に生きていて、自分の顔を見てこう言ったとしたら……。

「この男です！」

「ネズミの親父さん、さっきの話の続きは？」記者の一人が言った。「もっと大きな声で！」

ネズミは何の話をしていたか忘れて、額に手を当てた。

「どこまで話したかな？」

「無愛想な刑事が……」

ネズミは何とか調子を取り戻したが、上の空になって、扉から目が離せなくなっていた。

「あなたのお友達ですが、月に二、三日しか家にいないのをおかしいと思ったことはないのですか？」

「地方に行っている、と言っていました……」

「その説明で納得されていたのですか？」

リュカ警視は、それほど重要なことでもないように、優しく質問していた！　警視が座っているグレーの壁紙の部屋の第一帝政《アンピール》様式（十九世紀前半、ナポレオン一世の帝政時代を中心に流行した建築や家具のデザイン様式）の大きなテーブルからは、ヴァンドーム広場とラペ通りが見渡せた。

リュシル・ボアヴァンは、椅子に浅く腰掛けている。ここで見るリュシル・ボアヴァンはモンスーリ公園通りのアパルトマンの時より、大分庶民的な印象を与えた。マリンブルーのワンピースが貧相に見えた。リュシルは知らず知らずに、少しへりくだった態度になっていた。

「その説明で納得されていましたか、疑問に思われませんでしたか？」

「いいえ！」リュシルは首を振った。「おかしいとは思いませんでした。私は単に彼がどこか他所《よそ》で結婚しているのだと思っていました。プロテスタントは結婚指輪をしないと言ったことがあります……。でも私は、彼が結婚指輪をしていないのは、そんな理由ではないと察するべきでした……」

「それはなぜです？」

「わかりません……。そうだ！　あの人は私と子供を連れて庶民的なところへしか行きたがりませんでした。いつも近くの映画館でした。ルナ・パークや植物園や、ポルト・ド・ヴェルサイユの博覧会がお決まりでした」

「それが何かおかしいと思っていたのですか？」

「いいえ！　どう言って説明すればいいのか……。おかしいとは思いませんでした、でも、今朝気づいたのです。何て言えばいいのか？　何か不自然さを感じたのです。おわかりでしょうか？　例えば、彼が家に着いて上着を脱いで、スリッパに履き替える時とか……ワイシャツ姿で、釘を打ったり、水道のパッキングを替えたり、蓄音器を分解したりの、細々とした仕事をしている時です……。台所で食事しようと言い出したのは、彼でした、その方が落ち着くと言って……」

リュシルの目に涙が溢れてきた。リュカは無言だった。リュシルは鼻をすすって、ハンカチで目を拭った。

「本当にいい人でした……。今ならわかります。彼がそうしたのは、私の身分に合わせて、私に恥ずかしい思いをさせたくなかったからです。私は彼にお金のことをしょっちゅう言ってました。お金をあまり使って欲しくなかった……。二等席でも一等席でも、目的地に着くのは同時よ、と言ったことがあります。そしたら彼、感動したように私を見るのです。その時、気づくべきでした！」

「ロエムさんは月にいくら、家にお金を入れていましたか？」

「金額は決まっていませんでした。業者ごとに帳面を作っていました。彼が家に来ると、全部の帳面をチェックしていました。ダイニングでワイシャツ姿で計算しながら帳面ごとに必要な額を並べている彼の姿が、今でも目に浮かびます……。家賃も含めて、彼には月に二千フランも払わせませんでした。私の服と帽子は私が縫っていました。去年までは子供の服も私が作っていました。郵便貯金通帳を作るようにと彼に何度も言いました！」

「ロエムさんは、通帳を作ったのですか？」

「はい……。ある日、彼が怒り出すかと思いました。彼は、毎月百フランずつ通帳に入れていました。それで、私もこっそりと、へそくりをしながら、時々通帳に入れていたのです……。ある朝、彼が計算をしていて……私、彼が怒り出すかと思ったんです……。そうしたら微笑んだのです！」

リュシルは泣かなかった。瞼から涙を溢れさせ、頰を濡らすだけだった。

「不躾な質問で申し訳ありませんが、あなたたちを繫いだのは情熱ですか？」

リュシルは警視が知りたかったことが何かを、すぐに察した。その微笑みが雄弁に語っていた。

「誤解はしないでください！　彼は放蕩とは程遠い人間でした」

今度は警視が微笑んだ。その言葉がリュシルの過去を突然思い出させたからだ。

「彼と知り合った頃の私がどんなだったかは、ご存知のはずです。夜の十時頃、サンラザール駅の近くでした。彼はカフェのテラスの隣の席でビールを飲んでいました。私は彼に話しかけました。夕食をおごってくれないかと……。信じていただかなくても結構です、彼は三週間、私に指一本触れませんでした。彼はまず最初に私をホテルから出させました、そして今の住まいを用意してくれたのです……」

「ロエムさん宛てに手紙は来なかったですか？」

リュシルは首を振った。

「来客もですか？　友人や家族の話はされませんでしたか？」

「父親のことだけです。二年前に亡くなっていて、厳格なプロテスタントだったと言っていました。父親を恐れていたようでした」

「あなたがロエムさんに最後に会ったのが火曜日の午後五時で、ロエムさんは水曜日の昼に戻ってこられるはずだったと、先ほどおっしゃいました」

「はい、そう約束していました！　私たちは、子供を連れてルナ・パークに行きました。そして地下鉄のポルト・マイヨ駅の入り口で別れました……」

「ロエムさんは行き先を言わずに？」

「彼が行き先を言ったことはありません」

「そして、あなたも尋ねなかった？」

リュシルは首を振った。

「彼をご存知ないからですわ！　質問できるような人ではありませんでした。それに、もし質問しても、彼は聞こえなかったふりをしたことでしょう」

「ロエムさんは、あなたの家にいる時、夜は何をして過ごされていましたか？」

「さっき申し上げたように、彼は家のこととか、息子に買ってやった切手の整理を手伝ってやったりしていました」

警視が立ち上がった。これ以上訊くことはないと思った。さっきリュシル・ボアヴァンが着いた時に、ロエムの衣装戸棚から取り出した何着かの背広が、まだ椅子の上に並んでいる。リュシルはそのうちの二着に見覚えがあった。二着とも濃いグレーの背広で、そのうちの一着は、ルロアことロエムが六月二十二日の火曜日にルナ・パークに着て行った背広だった。

「本当に彼が死んだとお考えですか?」リュシルが今になって訊いた。「知らない人が二度もやって来て、私に写真を返した時、何か予感がしました……」

リュシルは、木曜日と金曜日に知らない男が家にやって来たことを、すでに伝えていた。最初のロニョンを『茶色の背広』、そしてネズミを『年寄り』と呼んで。

「でも、その写真は一枚しかなかったはずなのです。その一枚も私は破り捨てたかった。ご存知の時期に撮っていて、嫌な思い出しかないからです」

「あと何分かだけお付き合いください!」リュカ警視はドアの方へ歩きながら言った。物音が聞こえて、記者たちは全員立ち上がった。

「わしがお邪魔したのは、あの刑事のせいなんですが……」

「無愛想な刑事だな、知ってるよ!」

ネズミには最も耐え難い十五分間だった。最初、ネズミはいつもの馴れ馴れしさで第一帝政様式《アンピール》の緑色の絹地の椅子に座ろうとした。

「立ちなさい!」リュカ警視が素っ気なく言った。

そして、ネズミがふざけてテーブルの上のペーパーナイフをつかむと、警視が取り上げた。

「それで、水曜日の、三時……三時に間違いないな？」

「そう申し上げた通りです。または、三時からそんなに離れていない時間です。ワシントン通りの小さなバーです。多分ご存知かと……。制服の運転手たちが一杯やりに来るところです……」

ネズミは汗をかきかき、やたらに身振り手振りを交えて、面白い表情を作りながら警視を笑わせようとしたが、その度に、事実と日時、時間と場所の質問に引き戻された。

火曜日の何時、封筒……。

水曜日、写真……。

水曜日の夜……。

尋問はこうして続いた。やりとりは一本の電話が入った時だけ中断した。警視は隣の部屋に行って電話を受けて返事した。

「ホテル・カスティリオンに急いで来させてくれ。よし、待ってるよ！」

老人がまた喋り出した。

「警視殿、おわかりでしょ、わしがモンスーリ公園通りに行ったのは、気になったからです。なぜあの刑事が夜中にわしの写真をくすねたのか？　あの写真は返さないといけない！　わしは、それしか考えなかったんです……」

リュカ警視は、それからまた十五分近く窓辺に立って、ネズミを一人で喋らせておいた。そして、ようやく振り向くと、まだいるのかと驚いたような様子で言った。

「帰っていいぞ」

「わしに何かご用がある時に、どこにいるのか訊かれないのですか？　ご存知でしょうが、わしらの世界にはいろいろ噂話が流れてくるもんです……」

だが、もうドアが開けられていた。ドアの前では、陰気なロニョンが待っていた。

警視は二人に顔を合わせる時間をほんのわずか与えてから、ロニョンを中に入れた。ネズミはカメラマンに向かってまたポーズを取り始めた。

「何か情報が入ったら知らせるようにと、警視に何度も頼まれたよ。わかるだろ？　わしらの世界も、あんたがた記者さんのとちょっと似てるんだ……。そうだ！　無愛想な刑事を見たかい？」

半時間後にロニョンが出てきた時、予想に反してネズミはそこにいなかった。ネズミは、調子に乗って、ホテルの厨房に入り込み、使用人たちを涙が出るほど笑わせていた。

ロニョンは地下鉄で家に帰った。食堂は旅行カバンでいっぱいだった。妻は帽子をかぶり窓際に立っていて、よそ行きに着替えた息子がうろうろしていた。

「汽車に乗り遅れてしまうわ……。何があったの？」

「出発は取りやめだ」

ロニョン夫人が忌々しげに両肩を落とした。カンタル行きのバカンスのために二十四時間もかけて、全部準備して、全部買い揃えて、カバンに詰めたのに、最後の最後にこんなふうに取りやめになるなんて……。

「嫌だったら、チビを連れて一人で行ってくれ。俺は、パリで仕事がある」

「やっぱり、あの年寄りのせい？」

「奴と他にもいる。お前にも一切言えないが……」

なぜならロニョンは職業上の秘密の保持を金科玉条としていて、たとえ家族の間でも破らない。

「少なくとも、危険な事件ではないんでしょ?」

「出かけるか、残るかどっちなんだ?」

「どうすればいい?」

「好きなようにしろ。俺は、八時から仕事に就く」

ロニョン夫人は着替えて、子供も着替えさせ、悲嘆に暮れながら荷物をほどき始めた。

「あんたが行こうと言い出したくせに、残ると言ったんだからね。あんたは妻のことなんか、考えてないんだから! 違うと言ってみなさいよ!」


ドラは、薄いバスローブ姿で安楽椅子に深々と座り、顎を両手にのせて、険しい目つきで、きっぱりと言った。

「いいえ!」

病気で下に降りたくないとドラが返事してきたので、リュカ警視はドラのスイートルームで面会できないかと、訊かなければならなかった。

部屋は散らかっていた。開いたドア越しに見える寝室のベッドには、体の窪みが残っていた。そして、至るところに紙巻きタバコの薔薇色の葉の吸い殻が散らばり、飲みかけのグラスの載ったトレイが幾つも置かれ、ワゴンテーブルには冷たくなった朝食が残っていて、台座テーブルにはアスピリンが置いてあった。

「エドガー・ロエム氏と親密な関係になったことはないのですね？」リュカが訊いた。

ドラは苛立って肩をすくめた。

「何度も訊いて申し訳ありません。ミュラー氏がそう仄めかしている上に、最近あなたとロエム氏が、あなたの故郷のブダペストに旅行されたと言っておられるのですが……その時ミュラー氏は行かなかった……」

「あれは商用旅行よ」

「どんな用件だったか言っていただけますか？」

「言わないとダメ？」

「いいえ！　でもおっしゃらなくても、調べればわかります……」

「ブダペストに行ったのは、ロエムを父に紹介するためよ」

「どんな目的だったのですか？」

「すごい土地の案件らしいけど、詳しくは知らないわ……。ロエムはいろんな事業に関わっていた、航空会社とか、重工業とか、南米のどこかの国の香水の独占企業まで買収していたわ……。おわかり？」

「ロエム氏とお父様は何度も面会されたのですか？」

ドラは、また不機嫌になった。

「いいえ！」

「なぜです?」

「面会がなかったからよ!」

「ブダペストまで行ったのにですか?」

「そうよ!」

「なのに、お父様と会わなかった?」

「ロエムは気が変わって、父と会わなかった。これで満足?」

「あと一つ質問があります。あなたはいつからミュラー氏と愛人関係になったのですか?」

ドラは傲然と立ち上がると、警視に背を向けて酒を注ぎながらきっぱりと言った。

「私は婚約していたの」

ドラの横柄な態度に、警視は思わず呟いていた。

「ハンガリー語では、二つの言葉は多分同じ意味なのでしょう……。いいでしょう! いつからですか?」

「一年前」

「あなたは、お二人と親しい間柄だったのですか……」

「それはどういう意味? 私が二人と寝ていたとでも?」

「あなたがミュラー氏のスイートルームにいた時、ロエム氏とミュラー氏が仕事の話をしていたのかどうか、ということです」

「いいえ!」

「二人は、あなたのいないところで話をしていた？」

「ロエムは他に誰もいないところで仕事の打ち合わせをしていた！」

「でしたら、なぜあなたは昨日、ミュラー氏がロエム氏を殺したと告発したのですか？」

「だって！」

「だって、何です？」

「ミュラーなら、できたからよ」

「それだけの理由ですか？」

「だって、ミュラーはそうしかできなかったから。もうこれ以上は何も言わないと、警告しておくわ。これで終わり。私疲れた。気分が悪いの。これ以上質問するなら、電話して公使に訴えるわ」

ドラは、前の日にロビーにいた時と同じように、極度に興奮してきた。

「フランス人は女性に対して礼儀正しいと思ってたのに……」

「失礼をお詫びします」リュカはいやいや口ごもった。「お話しになる決心がついた場合、私は司法警察におります。直接、予審判事に話す場合は別としてですが……」

「もう話すことはないわ。ミュラーを逮捕しないうちは……」

リュカ警視は頭を下げ退出した。ドアの取っ手をつかみ、間を置いたが、呼び止められることはなかった。

「失礼します」

ドラが憎々しげに言った。

「とっとと消え失せろ！」

ハンガリーなまりだけが、味わい深く響いた。


「明日の朝刊を楽しみにしてろ！　どれも一面に載るだろうよ」

今夜の寝ぐらにするためにオペラ座の分署を訪れたネズミは、署員全員が昼間の快挙を知っているとわかっていて、英雄気取りだった。だが、部屋の隅で悲壮な顔をしているロニョンを見つけ、コントは短めに切り上げた。

「おやすみなさい、無愛想な刑事さん！」それでも、横を通りながらそう言い放った。

ネズミは夕方に二リットルのワインを飲んだのに、寝床について一時間経っても眠れなかった。目の前の鉄格子の向こうでは、薄いシルクのストッキングを履いた売春婦が壁にもたれて首を傾け眠っていた。

運良く同房の仲間が入って来た。見たことがあるポーランド人で、いきなり思い切り嘔吐した。

「わしを知らないのか？　そうか？　だったら、街の人間じゃないな……。ネズミだ！　ネズミの親父さんだ、新聞記者たちがそう呼んでいるようにな……。明日になればわかるよ。どの新聞の一面にも、わしの写真が載るよ」

ポーランド人は本当に体調が悪そうで、ネズミを生気なく見つめた。多分、その上に、フランス語がよくわからないのだろう。

「警視は馬鹿なやつで、わしが言いなりになると勘違いしたんだ。『失礼ながら』と言ってやった。

『最初に言っときますが、わしを気安く呼び捨てにしないでください』ってな」

いつもなら、ネズミは自分の言った出鱈目を、そのまま信じてしまう。だが、今度のリュカ警視はあまりに手強かった。ネズミはぶつぶつと独り言を言いながら、また床《とこ》に入った。

「お前は馬鹿すぎるよ！　構ってやっても、疲れるだけだ……」

ロニョンがまた姿を見せて司祭館を奪いにきた。ロニョンが何をしてくるかまだわからない。ネズミ自身も自分に何ができるのかまだわからないが、今夜から遠くないうちに何か手を見つける。さもないと、一生このまま、分署のブタ箱暮らしだ！

「頭を引っ込めろ、この馬鹿、足が伸ばせないぞ！」

そして、うとうとして、眠りについたと思った時、泡が水面に浮かんでくるように、一つの単語が現れてきた。

「アーチボルド……」

そいつがいったいどうしたというんだ、アーチボルドが？

五　〈バーゼル・グループ〉のマーティン・オースティング氏

六月二十八日月曜日。暑さのために学校は休みとなった。パリの街なかでも、男たちはワイシャツの襟元を開け、上着を手に持って歩いていた。カフェのテラスは前と横に広がり、特別な日の興奮に包まれていた。

だがロニョンだけは、丸い袖飾りと固いつけ襟を外さない。いつも通りに、茶色の上着を着て、同じく茶色の帽子をかぶり、汗を拭うためにハンカチを二枚も持っている。

この日のパリは、遊び半分のような雰囲気で、海水着で散歩する女性を見て、男たちは長々と振り返り、新聞社のカメラマンたちもその光景を見逃さなかった。

どの職場でも、仕事はのろのろとして進まず、街での警官たちの取り締まりも寛大だった。だがロニョンだけは気を緩めない。ネズミは二時間以上もロニョンの頬を緩めようとしたが無駄だった。

リュカ警視は、額面通りの意味でロニョンにこう言ったのだろうか。

「多分何かあるはずだ。やつの動きを追っておいてくれ……」

事実として、ロニョンは言葉の意味を文字通りに受け取った。ロニョンはオペラ座の分署で夜を過ごした。そして朝から、三メートルも離れずにネズミの後をつけて、ネズミが立ち止まると、ロニョンも立ち止まった。

「なあ、刑事さん。こんなふうに一言も喋らずに一列に歩いて、わしらは馬鹿みたいに見えると思いませんか？　もしよければ、一緒に歩きませんか？　その方がずっと楽しいし……」

ロニョンは、何も聞いていないかのように、そっぽを向いて、歩道の真ん中に突っ立っている。

「わかりました！　お好きなように！……今言ったのは、あんたにではなく、独り言でした。昔の貴族たちは、下男を従えて街に出たらしい……」

ネズミは苛立っていた！　どこへ行くかも、何をするかもわからなくなり、ロニョンをうんざりさせようと、思いつく限りの奇抜な動きをし始めた。突然走り出し、急に立ち止まって十五分間同じ場所で動かず、ゆっくり歩き出したかと思うと突然店に入った。

紙巻きタバコの最後の一本を吸い終わり、ロニョンはますます暗い顔になったが、尾行を中断してタバコ屋に入ろうとはせず、相変わらずネズミの後をつけた。

まだ朝の十時だというのに、大通りを歩く男たちは帽子の下にハンカチを挟んで、襟首を太陽から守っていた。

正午の新聞には、大したことではないように数行の記事が載った。

スイス人銀行家の消息

〈バーゼル・グループ〉のマーティン・オースティング氏

今回は、大見出しではなかった。副見出しもなかった。写真も載っていなかった。

今朝、エドガー・ロエム氏が会長を務め〈バーゼル・グループ〉の名で知られるC・M・Bの副会長であるマーティン・オースティング氏が飛行機でパリに到着し、リボリ通りのホテルにチェックインした。そしてすぐにパリのスイス公使や内務省の高官などと複数の会談を行った。午前十一時に、オースティング氏は滞在するホテルでリュカ警視と面会したが、その証言は大変重要だと私たちは確信した。

どうやら、捜査を開始して、簡単に理由の説明がつく事実を公表してしまったことは、警察の勇み足であったようだ。

マーティン・オースティング氏によると、エドガー・ロエム氏は姿を消しているが、何ら心配すべきことではない。なぜならロエム氏は静寂を好み、休息を取るために田舎の料理旅館《オーベルジュ》に数日間滞在することが、しばしばあるとのことである。

その場合、氏がどこかに出かけて以来、新聞を読んでいない可能性が大いにあり得る。

以上！　ミュラーも、ドラ嬢も、リュシル・ボアヴァンも、全部の朝刊に写真とおかしなコメントが載ったネズミのことも、一切載っていなかった。

マーティン・オースティングは尊大な人物だった。白髪を短く刈り込み、でっぷりと太った体にゆったりとした黒いスーツを着ている。煙が相手の顔を覆っていないかどうかなど気にかけず、朝から晩まで巨大な葉巻を燻らせている。

オースティングが笑ったことがあるとすれば、ずっと昔の子供時代のことだろう。オースティングが、重々しい足取りで床板を軋ませて、気遣わしげな目つきで入って来たら、誰もが最重要人物の登場だと気づかぬ訳にはいかない。

オースティングがホテル・ルーブルでタクシーを降りると、ドアマンが来て、手に持っている小さなカバンを受け取ろうとした。オースティングが無言で、断固として、脅すように拒絶した時、誰もがすぐに彼だとわかった。

オースティングはフロントまで進むと、ジャケットを着た若い男を巨体から見下ろし、低い声で言った。

「マーティン・オースティングだ！」

もちろんオースティングはスイートルームを予約していた。すでに多くの電報が、オースティングを待ち受けていた。オースティングは立ったままで、爪で帯封をはじき飛ばすと、紙の上の文字も押しつぶせそうな目つきで電報を読み始めた。

オースティングが着いてから十分も経たないうちに、国籍標識をつけた公使館の車がホテルの前に迎えに来て、公使公邸へ連れて行った。

公使は書き取ったメモを前に置いて、内務省に電話して、内務省までオースティングと同行した。

そしてそのあとは、電話が大活躍することになった。警視総監に連絡が行き、警視総監は司法警察の局長に電話した。検事局から予審判事室に連絡が行く間、マーティン・オースティングはでっぷり太った体で椅子にふんぞり返り、葉巻を吸っていた。

朝の十一時にすべて終わった。白旗をあげる他ないのは明らかだった。オースティングはフランス当局に軽はずみであったと認めさせ、当局はこの不愉快な行き違いをリュカ警視のせいにした。

公使に用がなくなったオースティングだが、車は取っておいてホテルに戻った。オースティングは、十二のインク壺と十二の吸い取り紙が一列に並んでいる、いつもは取締役会に使う、緑色の絨毯を敷いたサロンでリュカを迎えた。

「私の証言を公式に記録しに来たのはあなただね？　書き取ってください……」

オースティングは、リュカ警視に吸い取り紙の前に座るよう指示した。オースティング本人は、歩きながら天井のシャンデリアを揺らし、時々立ち止まっては警視の肩越しに覗き込んだ。

「……C・M・Bの会長エドガー・ロエム氏の性格、そして過去の言動、そしてその事業において、何らかの事件に巻き込まれたと推察される事実は皆無であり……。……その使用人フレデリック・ミュラーの心配は、根拠がなく……」

オースティングは音節を強調しながら、『使用人』という言葉を二度繰り返した。

「……確証もなく、氏の私生活を無礼にも広めてしまったことは遺憾であり……」

Ｃ・Ｍ・Ｂには、代々オースティングのような重々しい人物たちが、白と黒の市松模様の大理石の床の会議室に集まり、大聖堂内のような厳かな雰囲気の中で、ひっそりと、巨大な事業を取り仕切ってきた二百年間の歴史がある。オースティングの言葉には、そのＣ・Ｍ・Ｂの巨大なゴシック建築の建物と同じ重みがあった。

「私は何日かパリに留まります。内務省には言ってあるが、何らかの情報が入ったら、すぐに知らせてください。以上です！」

十一時半に、リュカ警視は司法警察の局長室に入った。正午に、局長が警視総監を訪れた。そして、二時に捜査は公式に打ち切られて、新聞社に通知された。

しかしながら、リュカ警視には『目立たないように、この事件を追うように』との指示があった。しかし、そんな世界とは無縁で動き回っているロニョンは、疲れ切ってチュイルリー公園のベンチに座り込んでいるネズミを、断固として執拗に追い続けている。


オースティングはゆったりとしたズボンのポケットに両手を入れて立っていて、ミュラーより頭ひとつ大きい。

二人はロエムのスイートルームに閉じこもっていて、オースティングがミュラーの人事ファイルをこれ見よがしに机に置いた。

「聞こう！」

オースティングが聞いているか、聞いていないか。それはわからない。オースティングは葉巻を吸っている。窓ぎわまで行って立った。そして第一帝政様式《アンピール》の机まで戻って来て、ミュラーの人事ファイルから一枚の書類を取った。

「六月二十二日火曜日」ミュラーが抑揚なく読み始めた。「ロエム会長は午後の間ずっと不在だった。六時頃に戻って来られ、二本の電話を受けられた。会長は例外的に自身で応対することを望まれた。会長は夜の外出のために着替え中で、私が受話器を取って繋いだ」

「聞いたのはどんな内容だった?」オースティングが訊いた。

オースティングはそう言いながら、隣の部屋のドアを開けると、電話交換機を調べ、ミュラーが会話を聞けたことを確かめた。

ミュラーはうろたえなかった。オースティングの推測を受け入れた。

「最初の電話は、ジョンという人物からで、オペラ座の十六ボックス席で会おうとのことでした」

ロエムが礼服だった理由だ。オペラ座は特別公演《ガラ》だった。

「二番目の電話は、八時十分前で、同じ人物からでした」

「男か女か?」

「男です。同じジョンです。オペラ座には行けなくなったが、ベリー通りの角で待っているとのことでした」

「何時にだ?」

「オペラ座での時と同じで、九時だったと思います……」

オースティングは懐中時計の鎖をいじっている。何を考えているのかは窺い知れない。多分、ミュラーの言っていることを信じているのか、多分、まったく信じていないかだ。

「そのあとは？」

「私がロビーに一人でいると、ロエム会長が出かけるところで、マドレーヌまで送っていただきました」

「それで、ベリー通りの角を覗きに行こうとは思わなかったのか？」

「いいえ」

「はい、だろ！」

「はい……。でも着いたのが遅かったようで……誰もいませんでした」

マーティン・オースティングはずっと立ったままで、書類を読むそぶりをしている。書類には、ミュラーはフリブールの小市民の生まれで、その町で法律の学士号を取り、法律部門の社員としてC・M・Bに入ったと書いてあった。

五年間は、上司の評価も平凡で、昇給も普通だった。

そして突然、エドガー・ロエムに呼ばれてパリに来て、最初は個人秘書として、その後は代理人としてパリでの事業を取り仕切っていた。

オースティングは無言だ。葉巻をくわえながら、若い男の頭のてっぺんから足の先までじろじろと眺めた。髪の毛にポマードを塗り、きちんとネクタイを締め洗練されたミュラーを見れば、この簡単な経歴書にどんな隠された意味、どんな悲劇があったのかオースティングには容易に想像がついた。

「あの女性の存在をいつ知った？」

「ドラ嬢ですか？」

「違う！　もう一人だ。前か、後か？」

ミュラーは質問の意味を理解し、慌てて返事した。

「後です！」

嘘を言っているのを見抜くのは簡単だった。ミュラーは、さっきまでの落ち着きを失くしていた。

「それで、ドラ嬢は？」

「私の婚約者です……」

「パリを離れたのか？」

「今夜出発すると約束しました……。私も一緒に行った方が良いと思うのですが？」

「ダメだ！」オースティングはそっけなく書類を閉じた。「タイピストはいるのか？」

「事務室にいます」

「よこしてくれ。あとは構わんでくれ」

オースティングは暗号電報を何件も口述筆記させた。それからブリュッセルとアムステルダムに電話を入れた。夜の十時には、サロンは煙でいっぱいになった。マーティン・オースティングは、葉巻をこんなに吸っているのに一杯の水も飲まなかった。

ドラ嬢がミュラーに付き添われて北駅まで来て、ベルリン行きのチケットを取り、特急列車の座席に着いたと、ジョリ刑事がリュカ警視に小声で電話連絡してきた。

「そのまま行かせろ！」リュカが受話器の先で答えた。「ミュラーを尾行しろ」

一方、ロニョン刑事の方は、どんどん核心から外れて行った。ネズミは、多分仕返しで、セーヌ川の土手に沿って延々と歩き、遥々シャラントン水門（パリの中心から南東に約十キロ。異なる水位のセーヌ川とマルヌ川を運河で繋ぎ、水を出し入れし船舶を通すための水門）までロニョンを引き連れて行った。

さて時間が経つにつれて、空がどんよりとして、嵐の気配になって来た。ロニョンは老いぼれたアルザス男のネズミが、足を引きずりながらも、休むことなく、何キロも何キロも、よくも歩けるものだと嘆息した。

二人とも別々に、ベルシー河岸の船員用の軽食屋で昼を済ませた。ポケットに何フランか持っていたネズミは、いつものように赤ワインとソーセージとパンで済ませた。

ネズミは、セーヌ川とマルヌ川を繋ぐシャラントン水門に、午後の三時に着いた。そして周りにいる五百人と同じようにうっすらと芝生の生えている土手に寝転んで、上着を丸めて枕にして、山高帽を顔にのせ昼寝を始めた。

ロニョンは近くの居酒屋まで駆け込んで、今はその指示の下にいると思っているリュカ警視に電話しようと思った。だが、ネズミが眠ったふりをしているだけかもしれないと恐れ、ズボンを汚さないようにハンカチを敷き、草むらに座った。

男の子たちが水遊びをしている。小さな子供たちの中には、素っ裸の子もいる。ロニョンの受け持ち地区だったら、無理やり服を着させたことだろう。五十隻の平底船が待機して、その間に他の船が水門を苦心しながら進んでいる。船体の幅に比べて水門が狭すぎるようだ。

五時頃に、ネズミは身じろぎした。苦労して起き上がると、帽子が顔からずれた。ネズミは周りを見回した。ネズミは日差しの中にいると気づいて、ロニョンを恨めしげに見ながら、体を二メートルずらせた。

この冗談はもう面白くなかった！　最初にうんざりしたのはネズミの方で、恐怖さえ感じ始めた。自信なげに舌を出して見せたが、ロニョンは眉一つ動かさなかった。

ネズミは、日差しの中で寝たので頭痛がしたが、何はともあれ、一杯ひっかけに行くことにした。いつものように赤ワインを飲んでいると、ロニョンが歩道で見張っていた。カウンターに新聞が放置されていたので訊いた。

「これ持って行っていいかい？」

「いいよ……」

「リットル瓶の残りも持っていくよ……。いくらだい？」

ネズミは、運河沿いに歩いて芝生の生えた土手に戻った。六時になって工場や事務所が閉まると、足の踏み場もないといっていいほど混んできた。水遊びをする人たちが平底船から飛び込んで、水しぶきが上がっている。

ネズミは、日付を見ず、新聞を読み始めた。脱税の記事や子供の結核に関する記事、広告など、目に入った記事を片っ端から読んだ。ヘルニアに悩まされているネズミは、ヘルニアバンドの広告に特に興味を持った。

時々ワインをラッパ飲みしては、ロニョンをちらっと見た。ロニョンは、謹厳な見かけによらず、水遊びをしていて肩紐がずり落ちそうになっている少し肉付きのいい若い女を、物欲しげにこっそり眺めていた。

中古自動車売ります……。
仕事を続けながら月六百フラン稼ごう……。

そして、案内広告欄の、ある三行が突然ネズミの目に飛び込んできた。

アーチボルド、コウジダン、マイヨハチ、ニューヨークヘラルド　テ、フーケ　マエ、ヒゲン

最初、ネズミは眉をしかめたが、略語の意味を考えた。そして、こう解釈した。
『アーチボルド、好条件な示談、毎日夜八時にニューヨークヘラルド紙を手に持って、カフェ・フーケの前、秘密厳守』
またロニョンをちらっと見たが、こちらを見ていない。ネズミは芝生に新聞を置いて、熟慮した。もちろん、勘違いかもしれない。だが、ここに書いてあるアーチボルドというのは、あの男だ。その途端に、ネズミは足がムズムズして、歩いたり、体を動かしたりしたくなり、何かの隙に撒けないものかとロニョンを窺った。

自動車の死体の後ろに誰かがいると思ったのは、間違いだったのだろうか？　自動車の中だったか、外だったかは重要ではない。問題は、ネズミがドアを開けて財布を拾ったのを誰かが見たかどうかだ。

殺し屋もしくは殺し屋たちは、ネズミを恐れたのだ！　ドル札を取り戻したいのか？　いずれにせよ、三行広告を使って知らせてきた。

警察に知られずに、どうやってネズミの注意を引くか？

もちろん、アーチボルドを使ってだ！　封筒に書かれていた名前で、全然ありふれた名前ではない！

ネズミは立ち上がって、近くの人に時間を尋ねた。六時半と知って、路面電車の停留所へ急いだ。この時ばかりは、ネズミは苛立って激怒さえして、一緒に路面電車を待っているロニョンを見た。

一つのことで、頭がいっぱいだというのに……。

なぜ殺し屋、または殺し屋たちは、財布の持ち主でもないのに、アーチボルドという名前を知っていたのだろう？

死んだ男のポケットの中に、あの封筒が入っているのを知っていたのだろうか？

財布を手に持ったネズミでさえ、封筒をよく調べなかったのに！　そんなに重要な物には見えなかった。中身が空の古い封筒、単にそれだけだった。そして、今となってはあのバスに乗って調べることもできない、ロニョンのせいで……。

二人は、河岸沿いに市内へ戻る路面電車のデッキに立っていた。

「ねえ、刑事さん！」

ロニョンは黙って見返してきた。

「二人とも馬鹿みたいに見えると思いませんか？　昼飯もろくに食べていらっしゃらないじゃないですか？　わしが夜まで原っぱをうろつき回ることにしたら、夕飯も食えなくなってしまいますよ……」

ロニョンは無言だ。

「一旦、お休みにしませんか？　奥様を連れてゆっくりと食事に行ってください。そして、例えばですが、九時にオペラ座の分署の前で落ち合いましょう……」

ネズミは苛立ってじだんだを踏みそうになった。ロニョンは返事をしない。ロニョンがネズミを見る目つきは虚ろで、まるでネズミが透明で、その先の歩道の景色を眺めているみたいだ。

「仕方がない！」ネズミが呟いた。

ネズミは終点のルーブルで、仕方なく降りた。七時十分になっていた。地下鉄でロニョンを撒こうと思って駅に向かっていると、ロニョンが追い抜いて、走っているバスの後方デッキに飛び乗った。

「そんな馬鹿な！」

ネズミは五分前には、ロニョンがいることに毒づいていたのに、今は、訳もわからずいなくなったことに怒っていた。

いったい全体どういうことだ？

パリの街のどこの窓も開いている。夜になっても昼間と同じように息苦しい。でも、夕立が来て涼しくなるかもしれない。

ネズミは、リヴォリ通りの新聞売りの前で立ち止まり、ためらってから尋ねた。

「昨日と一昨日の新聞は、まだあるかね？」

「見てみよう……」

二つともあった。案内広告のページを開くと、両方ともにアーチボルドの三行広告が載っていた。多分、あり得ないことではないが、広告はロエム氏の死んだ翌日の水曜日から載っていたのではないか？」

「ニューヨークヘラルド紙をくれるかね」

これには、新聞売りもびっくりした顔でネズミを見て、肩をすくめたが、それでも三十六ページもあるアメリカの新聞を手渡した。ネズミは苦労しながらポケットに突っ込んだ。

ネズミはじりじりしていた。じりじりしていて、不安だった。八時きっかりに、シャンゼリゼのカフェ・フーケのテラスの前で、自分の司祭館が賭けられることになるような気持ちだった。

皮肉なことに、ニューヨークヘラルド紙を買ったおかげでネズミのポケットには三十サンチームしか残っておらず、地下鉄かバスに乗ることもできない。

まるで謎の標的を追いかけるかのように、汗をかき、苦しそうに息をしながら早足で歩くネズミを、通行人たちが振り返って見た。

「アーチボルド……」

ネズミは自分を勇気づけるために、威嚇するようにこんな言葉を唸り続けた。

「見ているがいい！　奴らがわしを捕まえられると思っているなら……」

ネズミは嘲笑っていた。ネズミは、冷たく無視するような態度のリュカ警視を嘲笑っていた。勝った気になっているロニョンや、新聞記者や司法警察の刑事たち、ロエムを殺した犯人を探しているその他全員を嘲笑っていた。

ネズミはコンコルド広場に着いて、タクシーの行き交う広場の中を突っ切り、シャンゼリゼ通りを走っている。ネズミただ一人が、八時に殺人犯の出現に立ち会うのだ！

そこで何をするか、それはネズミにもまだわからない。とりあえずは、ニューヨークヘラルド紙がポケットからはみ出さないように用心した。そうして成り行きを見て、もし良ければ姿を現すか、全然姿を現さないかだ……。

今は八時十分前……ネズミは、日暮れ前でも点灯しているエッフェル塔の時計で時間を知った。木々の葉叢《はむら》の下でいくつもの青っぽい影が身を寄せている。どこにもかしこにも、人がいる。恋人たちがどっさりといて、子供の手を引いたり赤ん坊を抱いた、家族連れもいる。

八時五分前……。

へとへとなのに、とんでもないことが頭に浮かんでネズミは笑った。もしもイギリス大使もそこにいたとしたら？　なぜならば、その名前の本人なのだから！

照会に対するブダペスト警察の電報によると、ドラ・スタオリの父親であるスタオリ弁護士は、長い間経済的に不安定な状態にある……。

リュカ警視は、執務室で一人で仕事をしていた。窓からサン・ミシェル広場とセーヌの左岸が見える。リュカは受話器を取ると、しばらく聞いていた。

「その通りです……。実際のところ、何かがあったと推測させるような事実は一切ありません……。もちろんです！　楽観的に考えるべきです……。それはお約束します！」

電話の相手はリュシル・ボアヴァンだった。夕刊で、自殺や犯罪の可能性を否定するオースティングの声明を読んで、情報を聞いてきたのだった。

リュカは受話器を置くと、肩をすくめて、ビールを一口飲み、電報の続きを読んだ。

……暮らし振りについて。スタオリは実際のところ際立った知性の持ち主であるが、財産はなく、豪勢な暮らしをして、毎冬豪華なパーティーを主催している。三年前、スタオリは金融不正事件に巻き込まれそうになった。債権者たちに追及されて、ここ数か月は、娘婿になる予定のフレデリック・ミュラーが一員である〈バーゼル・グループ〉の信用によってのみ持ちこたえている。

スタオリは、〈バーゼル・グループ〉が巨額の投資をする予定の、重要な不動産事業計画を仲介したらしい。

リュカはその下に小さな字で記入した。

（付記）ミュラーは多分ブダペストを旅行した際に、ドラ・スタオリと知り合い、C・M・Bでの自分の地位を自慢したのであろう。ロエム氏がこの事業計画を調べるためにブダペストに行ったのも、ミュラーが頼んだからだろう。だが、ロエム氏はスタオリの娘が同行したにもかかわらず、ハンガリーの首都に着くなりスタオリの好ましくない情報を得て、面会を拒否したのだろう。

マーティン・オースティング氏はミュラーを下級社員のように扱っているが、一方で、ロエム氏がしばしばミュラーの影響下にあったことは注目に値する。

ミュラーのロエム氏に対する影響力は、ミュラーがロエム氏と元売春婦の関係、子供までいる事実を知っていたからではないかと推察され、慎重に捜査するものとする。

マーティン・オースティングに代表される〈バーゼル・グループ〉のメンバーの厳格な精神構造は、この仮説を裏付け、事実をうまく説明できる。

ネズミを十分に問い詰めなかったリュカ警視は、ここで逸れた。

ロエム氏は、恐喝に疲れ切って逃げ出したのではないか。

書類は正式な報告書ではなく、警視総監に宛てた速報で、扱いは警視総監の裁量に委ねられていた。

リュカは、ビールの最後の一口を飲み、口をぬぐうと、帽子をかぶりバスで家に帰った。


パリでは夕食が遅いほどエレガントだ。ネズミがジョルジュ・サンク通りとシャンゼリゼ通りの角にあるカフェ・フーケに着いた時、テラス席にはまだ二百人ほどの客がいて、その中には午後にメゾン・ラフィット競馬場で使った双眼鏡を手にした人も沢山いた。

ネズミは少し息が整うと、人の多さに少し戸惑い、ポケットからニューヨークヘラルド紙を取り出す前に、周りの様子を見てみることにした。

「紳士淑女の皆々様。あなたの健康を祈って一杯やるために、二フランお持ちではございませんか?」

これが、客の顔を目の前でじっくりと見ることができる、ネズミにとっての唯一で最良の方法だ。制服警官がいなければだが。

ネズミは足を引きずって歩き回った。テーブルの間をすり抜け、ボーイたちを避けて——何しろこんな店では警官より手強いのだ!——息を切らし、苦労しながらも笑いかけた。

「あなたの健康のために、王子様よ……ポケットに小銭が入り過ぎですね……。型崩れの根本原因ですぞ」

いつもの手だ！　同情させる代わりに笑わせるのだ！

「あなたがメゾン・ラフィットに出かけるとわかってたら、第三レースで誰が勝つか教えて差し上げたのに……。わしと騎手は双子の兄弟なんですよ」

テラス席が六列に並んでいる、そして反対側のジョルジュ・サンク通りにもテラス席が並んでいる。女性客が多い。男性客だけのテーブルもあるが、アーチボルドを思わせる人物はいない。ドイツ人客にはドイツ語で話しかけ、難なく二フランせしめた。

角まで行くと突然、穴があったら逃げ込みたくなるものを見た。ロニョンがいたのだ！　そう、茶色の上着を着て、丸い袖飾りと固いつけ襟を付けた、無愛想な刑事が！

だがロニョンはニューヨークヘラルド紙を読むのに没頭している振りをしていて、ネズミが目に入っていない。

ロニョンが三行広告に反応した！

そうでなければ、ロニョンが……。

いや！　ロニョンには自分で広告を出すほどの知恵はない。その証拠には、ネズミに気づき、新聞で顔を隠そうとして、失敗して、ボーイを呼んでマンダリン・シトロン（マンダリンオレンジから作ったリキュールとレモンの食前酒）の勘定をしている。

八時十分だった。これ見よがしにニューヨークヘラルド紙を広げていたのに、ロニョンに話しかける者は誰もいなかった。

ネズミは、テラス席から十メートルほど先でロニョンに追いついた。

「刑事さんが英語の新聞を読むなんて知りませんでした！」意地悪くからかった。

「お前はここで何をしていた？」

「わしのビジネスですよ、ご覧になったでしょ！　何分かで十一フラン五十ですよ……」

ネズミは硬貨をつかんで見せた、だがポケットを膨らませている新聞は見せないように気をつけた。

六　ロニョン刑事、二度もヘマをする

ロニョンは不機嫌な上に、自分に不満だった。今朝もまた妻にくどくどと言われていた。

「あなたの間違いよ！　何の必要があって、いつも一人で先走りするの？　それで、肝心な時にはいなくて、手柄を横取りされるんだから……」

夜の十二時だった。ロニョンはまさにその夜に二度もヘマをやらかしていて、そのうちの一つがすぐに我が身に跳ね返ってくるとも知らずに、一人で家に帰るところだった。

最初のヘマはネズミの身体検査をしなかったことだ。ここ何日間、ネズミは頭のてっぺんから爪先まで調べられることなしには分署に入れなかった。まさに、ロニョンが依頼していたからだ。

さて、ロニョンはネズミに付きっきりで、成果もなくほとんど一日を過ごした。そして、三行広告を載せた人物を突き止めようとして、前の日に続いてフーケに行く間の、一時間だけネズミから離れた。

ロニョンはフーケのテラス席でネズミに出会った。そして、いろいろ考えたが、まるで偶然のように、身体検査のことだけは考えてもみなかった。

忘れたのだとも言えない。ロニョンは暑さと、疲れと、心配事で頭がぼうっとしていた。考えが

まとまらず、ネズミをそのまま行かせそうになった。

今度近づいてきたのは、ネズミの方だった。

「提案があるんですが……。どうやら刑事さんには、わしから離れられない事情がおありのようですから、時間割を決めませんか。こうです！　今晩、わしには映画館に行く金があります。終わったら、オペラ座の分署に連れて行ってください、それで刑事さんも安心できる……」

なんと、ロニョンはネズミの提案を受け入れた！　ロニョンは、映画館で三時間近くも、ネズミのポケットに軽く触れていた。そのポケットの中には、ニューヨークヘラルド紙が入っていたのだ！

もしロニョンがポケットの中身を知ったなら、ネズミは広告を見て会いに来たのだとわかったろう。そうすれば、ロニョンは推理したはずなのだ……。

二番目のヘマはもっと後になってからだ。オペラ座の分署までネズミを連れて行った後、ロニョンは少し自慢げに、若い同僚に命令を伝えた。

「司法警察のリュカ警視の命令だ！　ネズミをつけるんだ、特別任務だ……」

そしてロニョンは、クリシー広場行きのバスに飛び乗った。家に帰るにはクリシー広場で次のバスに乗り換えればよかったのだが、バスが遅れていて、ロニョンはコーランクール通りを歩いて帰ることにしたのだった。

それから何が起こったのか、ロニョンにはほとんど記憶がない。ロニョンのいた場所は、分署の赤色灯から五百メートルも離れていなかった。ニューヨークヘラルド紙を持っていたのに、なぜ広告主は今日も姿を現さなかったのかと考えていた。

車が通り過ぎて、何メートルか先で止まった。男が降りてくると、歩道を横切るそぶりをしながら、不注意でのように、ロニョンに激しくぶつかってきた。

ロニョンが屈んで帽子を拾おうとすると、男は謝る代わりに、おそらくは硬質ゴム製の小さな棍棒で、頭に一撃を加えてきた。ロニョンは意識を失った。

何分か後に、ロニョンを発見したのは自転車パトロール警官たちで、ただちに警察救助隊《ポリス・スクール》（日本の一一〇番にあたる。一七をダイヤルするか、街頭の警報器を作動させると、電話が繋がり各署に配備された緊急車両が直行する）に知らせた。その結果、ロニョンは十八区の車両を煩わせるという名誉にあずかった上に、もし車両の中で目を覚まさなかったとしたら、病院のベッドの上で意識を回復することになっていただろう。

「何でもないよ……」ロニョンが小さな声で言った。「家に連れて行ってくれ……」

ロニョンは頭が割れそうに痛かった、だがどこも割れてはいない。五階に上がるために手助けをしてもらい、エレベーターに乗ると、突然船酔いのようになった。

ロニョン夫人が目を覚ました。

「ジョゼフ、あなたなの？」

「そうだ……」ロニョンが低く返事した。

ロニョンは、助けてくれた二人の警官に、どうしても一杯振る舞いたかった。ロニョン夫人は苛々した。ロニョン夫人は寝巻き姿のままで、髪の毛にはカーラーを巻いたまま台所に入ったが、なぜこんな時間に、夫が戸棚からカルバドスの小瓶《カラフォン》と金の縁取りをしたグラスを出すのか、わからなかった。

さらには、ロニョンが酒を注ぎながら、なぜ突然よろけて椅子に座り込み、なぜ目を回したのかも、ロニョン夫人にはわからなかった。

「だから、いつも言ってたのに！」夫が襲われたことを警官たちから聞いて、夫人が呆れて言った。今度もロニョンは、一人で先走ったのだ！

ロニョンが高熱を出したので、夜中なのに医者を呼ばなければならなかった。家族三人で寝室が一部屋しかなかったので、男の子は眠れず、翌朝、ロニョン夫人は学校を休ませた。

管区の警視長自らが朝の十時頃に訪ねてきて、全治一週間だという怪我人の見舞いをして、そしてまた酒が振る舞われた。

一方ネズミは、なぜロニョンが監視をやめたのか、それよりもなぜ、その気になればすぐに撒ける若い刑事に監視を任せたのかがわからなかった。


同じ日の朝に、ブールジェ空港にバーゼルからの飛行機が降り立って、前の日とあらゆる点で同じような、つまりオースティング氏と同じような人物を運んできた。

ゲイドという名前で、髪の毛はオースティング氏の灰色と違って赤毛だった。だがオースティング氏と同じ銘柄の葉巻を吸い、オースティング氏と同じ冷徹で見下すような目つきをした人物だった。

C・M・Bの代表取締役であるゲイド氏も、書類がいっぱい詰まった豚革のカバンを決してポーターに持たせなかった。ゲイド氏はタクシーの運転手にホテル・ルーブルの住所を告げた。ホテルには、ゲイド氏が着く前からスイスとベルギーからの電話が入っていた。

「床屋を呼んでくれ！」ゲイド氏は、エレベーターに乗ると命じた。

ゲイド氏の肌は、赤くて分厚く、オレンジの皮のようにザラザラしている。短く刈り込んだ髪は夕日の照り返しのような光沢だ。準備が整うと、ゲイド氏は同じ階のスイートルームにいるオースティング氏に電話した。両氏はそれぞれカバンを持ってサロンにこもり、そしてサロンには交互に電話が掛かってきた。


リュカ警視は大戦中に、情報部のメンバーとしてスイスで様々な任務を任されていた。スイス警察に友人が多くいて、そのうちの一人に電話した。

リュカはロニョンとは正反対に、この事件にかかりっきりではない。パリ郊外で発見された男の子の殺人事件もあって、大勢の記者たちがドアの前に押しかけていた。

リュカがロエム氏の事件をまだ調べているのは、上からこんな指示があったからだ。『目立たぬように情報収集を続けること』

突然、事件が新たな展開を見せた時、例えば死体が発見された時に備えて、念のために情報を得ておくということだ。

リュカはスイスとの電話を切ると、マニラ紙のファイルに新たなメモを追加した。

ロエム家は三代にわたって、C・M・Bすなわち〈バーゼル・グループ〉のトップを務めてきた。スイスでは、皮肉ではなく、普通に『ロエム王朝』と呼ばれている。

祖父のロエムは自由主義経済学者の重鎮で、厳格なピューリタンだった。

その息子であり、現在のロエム氏の父はその父親の表情や仕草を真似て、二十世紀の初めというのに、その四十年前に父親が着ていた服とほとんど同じような服を着ていた。

エドガー・ロエムは、本当は父親の後を継ぐはずではなかった。兄がいて、後を継ぐことになっていたが、山岳事故で亡くなった。

エドガー・ロエムは傑出した人物ではない。ロエムと同じく代々〈バーゼル・グループ〉に仕える十二名の役員に補佐され、伝統を維持しているのみである。

ロエム氏のスイスでの異性関係は知られていない。一時、兄の妻との結婚の噂が流れたが、その後消えた。


リュカがそうしてメモを書いている間に、オースティング氏とゲイド氏はホテル・ループルを出て、隣にあるホテル・カスティリオンまで徒歩で行き、ロエム氏のスイートルームに、まるで自分たちの家のように入って行った。

ミュラーの部屋と繋がる扉は開いたままだった。ミュラーは部屋にいて、仕事をしていた。ミュラーが起立し、硬くなって挨拶したが、両氏は無視して、早くも部屋の空気は葉巻の煙で青白く濁ってきた。

両氏は規則に則り手順通りに、金庫を開け、そして引き出しを開け、机の上にうず高く書類を積み、時々メモを取りながら、そして重要な書類は無言で相手に見せつつ、一つ一つ確かめ始めた。両氏がロエムの部屋にあった小さな家具の鍵を探したので、ミュラーがこう言って渡した。

「切手しか入っていないと思いますが……」

小さな家具には、アルバムが二冊と、切手が一枚ずつ入った透けた紙の袋が何枚か入っていた。

オースティングは何も飲まないが、ゲイドは、ザラザラの皮膚の全部の毛穴から汗をかきながら、ゴブレットになみなみと入ったアイスティーを飲んでいる。

正午になっても二人の紳士方は食事に出ず、サンドイッチを注文して仕事をしながら食べている。九時十分に『ブダペスト発プラハ経由パリ行き』の飛行機が新しい人物を運んできていて、またしてもリュカ警視が外交団との対応をさせられていることなど、両氏が知るところではない。

フランソワ・スタオリは、くすんだ顔色の頑丈な大男で、少しむかつく香水の臭いを飛行機の機内に撒き散らし、あの金融グループの紳士方とまったく同じ振る舞いをする男だった。

スタオリは十時に公使を訪れた。そして十時半に、公使を伴って内務省に入って、そこでは大臣補佐官が慇懃に対応した。

ただ、スタオリの方は、金融グループの紳士方と違って、娘と同じく味わい深いアクセントで、雄弁だった。家族の私生活について、もとより嘘の情報を公開して一家の名誉を汚したとして、フランス警察に対し激烈な抗議をした。

ドラがミュラーの愛人だったことなど、絶対にない！　フランス人は何でも色恋沙汰に結びつけて考えたがる。だから若い娘が婚約者と同じパリのホテルに一年間住んでいるだけで、邪推するのだ。

スタオリ弁護士は一連の報道を全面的に否定し、新聞での速やかな訂正発表を要求した。

相変わらず、にわか雨は降らず、会談のあいだ中、全員が汗で湿った手を握り締めて、同じような仕草で汗を拭っていた。大きく開け放った窓からはタイプライターの音が鳴り響いていた。

当然のことだが、大臣補佐官は、できる限り善処すると約束した。そして前の日と同じように、警視総監に電話し、警視総監は司法警察の局長に電話し、局長は執務室にいるリュカを呼び出した。

「さてと！　スタオリが今朝パリに着いた。そして娘と同じホテル・カスティリオンにチェックインした。スタオリは何があっても新聞声明を発表する、午後に記者たちを集めろと言ってきている……」

二人はにがり切った表情で、顔を見合わせた。スタオリが記者たちの前で、思っていることすべてを発言することは、止められない。

だがそうなったら、もう一方のバーゼルの方が、また公使を内務省に同行させて抗議することだろう。

「リュカ、どう思う？」

するとリュカは真顔で言った。

「死体を何としても見つけたいものです！」

「もし死体があればな……」

「そして、車も何としても見つけたいです……」

車のナンバーと特徴は、捜査開始の日からフランス中の警察に通知されていた。だが、パリでは毎日十台以上の盗難車の届け出がある。その十台以上の車のうち、見つかるのは半数にも満たないことを、二人は知っている。その上、見つかるのは大概数か月も後だ！

「これからどうする？」

「そのスタオリに会いに行ってきます……」

その時電話が鳴り、受話器を取った局長が、出て行こうとするリュカに二番受話器を取るように合図した。

「はい、もしもし……。もう一度言ってくれるか？」

「こちらは九区の警視長です……。ロニョン刑事が、昨日の夜コーランクール通りで、自動車から降りてきた何者かに襲われました……。頭を鈍器で殴られて、コンスタンタン・ペクールの自宅で寝ています……。そのロニョン刑事が司法警察に、特にリュカ警視に連絡するように言ってきました……。いらっしゃいますか？」

「リュカも聞いてるよ。連絡ありがとう……」

「リュカ警視にネズミの尾行を続けるべきか、訊いていただけませんか？　人手が足りません、もしもう必要がなければ……」

局長はリュカを見た。リュカは肩をすくめた。

「よし！　だったら、続けなくていい……」

受話器を置くと、局長が訊いた。

「ネズミって、誰だ？」

「ロニョン刑事の考えです。そのじいさんが何か知っていそうなのは事実なんです。でも、何なのか？……今日の夜、尋問してみます……」

二人はしばらく沈黙した。そしてリュカが呟いた。

「昨日の夜は、ミュラーがホテル・カスティリオンを離れなかったのは確かです……。スタオリも、情報が確かなら、まだ昨日はフランスにはいなかったはずです……」

リュカはこう言って締めくくった。

「どうお考えですか？　私は何としても死体を見つけたい」

局長の勘違いかもしれない。だが、リュカは死体があるのかを、あまり当てにしてはいないようだ、と局長は思った。


リュカはホテルの四階に上がる前に、〈バーゼル・グループ〉の紳士方まで名刺を持って行かせ、短時間の面談ができないか尋ねた。紳士方は、多忙のため、夜になって出直すか、書面で質問をするようにと、フロア・ボーイを通じて返事してきた。

警察を何とも思っていないようだ！　紳士方は葉巻とミュラーのポマードが臭う執務室にこもって仕事を続けている。

そこで、リュカは紙に書いた。

『スタオリ弁護士の仲介または協力によりブダペストで不動産取引を行うことが、C・M・Bでの正式な課題になっているか、お答えいただけますか？』

その紙を持って行かせると、赤鉛筆で『否！』とだけ書かれ、紙が返されてきた。

リュカはエレベーターに乗りかけた。思い直して、紙切れを裏返して今度はこう書いた。

『エドガー・ロエム氏には、取締役会に諮ることなく、そのような取引の交渉をする権限がありましたか？』

また同じ紙が戻ってきて、同じ筆跡で、同じ言葉が書かれていた。『否！』

そこで警視は安堵のため息をつくと、スタオリに連絡した。スタオリはパリに住むハンガリー人の友人を同席させていて、リュカはその人物をどこかで見たような気がした。

最初スタオリは高姿勢に出て、朝に言ったことを繰り返し、一族の名誉やブダペストの法曹界の名誉、祖国自体の名誉、要するにすべてがこの騒ぎで汚されてしまったと、まくし立てた。

「新聞記者たちをここに呼んでください、私は彼らに伝えます……」

リュカは辛抱強く聞いていた。リュカも暑かったが、額から流れる汗は拭わなかった。相手が喋っている間、リュカは紙切れをいじっていて、そして突然その紙を相手に見せた。スタオリは紙切れを一瞥すると、動揺して小声で言った。

「これは何です？」

「私がつい今しがた、〈バーゼル・グループ〉のあの方々に質問したメモです」

「しかし……私にはわからない……。これが私に何の関係が？」

そこで、警視はゆっくりりと、ぎこちなくポケットをまさぐり、ようやく取り出したのは、ブダペスト警察からの電報だった。

ブダペスト警察には申し訳ないが！　スタオリはブダペスト警察を、さぞや恨むことだろう。


スタオリ弁護士は、長い間経済的に不安定な状態にある……。


スタオリは今となっては、同じ国の人間を証人として連れてきたことを後悔していた。

ここ数か月は、娘婿になる予定のフレデリック・ミュラーが一員である〈バーゼル・グループ〉の信用によってのみ持ちこたえている。

スタオリが電文を読んでいる間、リュカは何も考えておらず、パイプにタバコを詰めて、火をつけるのをためらっているふうだった。リュカは待っていた。スタオリが電報とメモを返した。

「私を陥れたい政敵の策略だ」スタオリが大声で言った。「そもそも、こんな資料がどうやってあなたの手元に来たのか知りたいものです」

「極めて事務的な方法によってです。私が外部に公表していないことはおわかりだと思います。新聞記事については、誠に困ったものです……」

「新聞社には、あんなことを書く権利はない！」

「それが私が言おうとしていたことです。新聞社は、ある種の事件については独自に調査して、大概はうまく記事にします。一方で外部からのあのような情報を出してしまうことも……。私たち警察は秘密を厳守しますが、ブダペストではそうとも限らないようです……。この事件はもう決着したようなものです。死体が見つかっておらず、捜索依頼も来ていない現状を考えれば、捜査は自動的に打ち切られるでしょう。ミュラー氏は、実のところ単なる社員で、それもあまり高くない地位でありながら、あなたとお嬢様の善意を悪用した。新聞の読者たちは事件のことをもう忘れています、もし、このままそっとしておけば……」

「警視どのは、何を飲まれますか？」

「生ビールを、喜んで！」

そうして片がついた。スタオリは、信頼を悪用した上に、今になって関わりを否定する〈バーゼル・グループ〉の面々の不実を嘆いた。

「ロエム氏は私に会いにブダペストまで来たのですから！　会見が実現しなかったのは、その時、私は地方で介護をしていて、ロエム氏が待てなかったからなんです……」

リュカには美味しいビール、スタオリにはウイスキーが出された。スタオリは戸口までリュカについて来た。

「先ほどの資料は？」

「決して外部には出ません！　事件が正式に終結し次第、破棄されることも付け加えます」

「あなたを信頼します！」スタオリは意味ありげに目配せした。「それに、またお会いすることでしょう」

スタオリはリュカ警視を買収できたと思って、部屋に戻って行った。

一方リュカの方は、この事件のどんな些細な情報でも、何とかして得たいと思っている。だが、この事件には罠が多く、そして懸命に探しても些細な手がかりすらつかめない。

太陽の光が厳しく照りつけ、外はまるで『バンドーム広場横断訓練』の様相だ。リュカ警視は敷居の上で、一瞬ためらい、誰が見てもわかるくらいわざとらしく歩道を往き来する刑事を見つけて、肩をすくめ、タクシーを呼び、またためらった後、気乗りせずに言った。

「コンスタンタン・ペクール広場！」


ネズミの尾行は続けなくてよいという指示は、まだ部下には届いていなかったようだ。リュカはロニョンの家のすぐ近くで、さっきと同じくらいわざとらしい若い男を見つけて、声をかけた。

「地区警察《ポリス・ミエニシパル》か？」

毎週のように新聞に写真が出ているリュカ警視を相手は知っていて、口ごもった。

「はい……。ご存知でしたか？」

「ということは、上にいるのか？」

「今、着いたところです。やつは今朝、署を出ると、セーヌ河岸まで行って上半身裸になって身づくろいしました。石鹸の切れ端を買っていました。やつは野次馬が面白がる前で、頭のてっぺんから爪先まで洗って、まあ、そのほとんどをですが、それから日陰のベンチに座っていました。正午になって、出たばかりの新聞を買って、ロニョン刑事が襲われたのを知ったようです。ここに着くまで行きつ戻りつしていて、来るか来ないか迷っているようでした……」

リュカは管理人に何階か訊くと、エレベーターで上がり、ロニョンの住居の呼び鈴を鳴らした。リュカが警視の肩書を言って挨拶すると、ロニョン夫人は、もっと愛想よくする代わりに顔をしかめた。

「お入りください！」ロニョン夫人は素っ気なく言った。

そして、小声で独り言のように言った。

「これが、三十九度の熱のある男に対する決まりなのかしら！」

台所と食堂と寝室の三部屋しか無かった。食堂にいる男の子はどうすればいいのかわからない様子だった。寝室のドアは閉まっていた。

「言いに行きましょうか？」

「あまりお手間でなければ！」

次の瞬間、ネズミが寝室から飛び出して来て、椅子にぶつかり転びそうになった。頭に包帯を巻いたロニョンが、ベッドに腰掛けているのが見えた。

「お前はここで待ってろ……」ネズミにそう言ってから、リュカは寝室に入りドアを閉めた。

そして、

「こんにちは、ロニョン刑事……。それで、ひどくやられたのか？」

ロニョンは恐縮していた。このつましいわが家には、子供の初聖体拝領式の時でさえ、こんなにもお偉方が来たことはない。管区の警視長が朝に来られて、午後にはリュカ警視……。

ロニョンは散らかっていないか不安げに周りを見回した後、夫人を呼んだ。

「警視殿に肘掛け椅子をお持ちしろ……」

なぜなら、スペースがないので住居には肘掛け椅子が一つしかないのだ。

「あの、もちろん起立すべきなのですが……医者が、どうしても……」

「気にしないでくれ。ちょっと挨拶に寄っただけだから……。昨日の夜はついてなかったな。なぜかって、私は君を知ってるが、よほど手慣れた連中でないと……」

「プロのやり口でした！」ロニョンは自尊心を満たされ、我が意を得たりと叫んだ。「何も見ている暇がありませんでした。明日、犯人が目の前に出てきても、私にはわからないでしょう。車のナンバーも、車の色も何も見なかったんです……。しかし、少なくとも一つのことはわかりました、奴らのやり口です」

「ええ？」

チャンスだと、リュカは思った。やっと誰かが何かをつかんだ！

ロニョンは、アーチボルドと書かれた三行広告が日曜日から出ていることと、ネズミが持っていた写真の裏にその名前が書かれていたこと、それでニューヨークヘラルド紙を持ってフーケに行った話をした。

「おわかりでしょうか？　奴らには、誰かが事情を知っていないか、確かめる必要があったのです。奴らは、三行広告を出した。だが奴らは、姿を現す代わりに、どこかに隠れて様子を見ていた。奴らには、アメリカの新聞を持っているから私だとわかった。奴らは私が何かを知っていると思った……」

「でも、君は何も知らない！」リュカは冷静に言った。

ロニョンはぎくりとして、一瞬考えたあと、認めた。

「実際のところ、私は何も知りません！」

「とすると」リュカは続けた。「誰が知っているんだろう。奴らも、警察の関心を引こうとして三行広告を載せた訳じゃあるまい。誰かが邪魔なんだ……」

「警視殿も私の考えと一緒ですね……」

ロニョンは調子に乗りすぎたと思った。警視を怒らせたのではないかと思い、慌てて言った。

「申し訳ありません」

「いや全然！　全然！　君がいろいろ考えていて、自発性がある証だよ」

リュカは突然に口調を変えた

「ネズミは、何をしにここに来たんだ？」

リュカがうまくロニョンの緊張を解いたので、ロニョンはいつもの上司に対する話し方ではなく、妻に話すかのように自然に会話した。

「私もそれを考えていたのですが……。私の本心を言えば……」

「言ってくれ！　言ってくれ！」

「少し馬鹿みたいなんですが……。私は奴に優しく接したことはありません。それがです！　さっき奴がやって来た時、まるで友達に会いにきたみたいだったんです。私に起こったことで戸惑っているようでした。ひどく痛まないかと、訊いてきました……」

ロニョンは情に流されすぎだと思われないか気にした。すぐに、付け加えた。

「奴が役者なのは知っています……。でも、そうだとしても、なぜ来たのでしょう？」

開いた窓からは、子供たちが広場で遊ぶのが見えて、休み時間の校庭のように甲高い叫び声が聞こえてくる。

「私が何を言いたいのか、おわかりいただけるかどうか……」

警視を怒らせたのかとまた恐れて、ロニョンは顔を赤くした。

「説明するのは難しいのですが……。ネズミがドル紙幣の入った封筒を届けにきた最初の日から、何か引っかかるものを感じたのです……」

「ところで」リュカが口を挟んだ。「その封筒だけど、今どこにある？」

「遺失物係にあります……。あっ、本当だ、それにしても！」

ロニョンは警視の考えを見抜いた、と思った。あの封筒を調べることも、紙幣番号を公表することも、考えつかなかった！

「何をされるかわかりました」

残念！　ロニョンは調子に乗りすぎた。警視は考えを見抜かれるのも、刑事の分際で自分と同じくらい利口なのもお好きじゃない、なぜならこうおっしゃったからだ。

「ネズミを尋問しようと思う」

「えー？」

ロニョンが十回もやっているのに！　その上、ロニョンにはネズミをずっと前から知っているという利点があるというのに。

「封筒のことを考えないのですか？　今の私の考えでは……確か封筒の表に、鉛筆で計算が書いてありました」

ロニョンは警視をもてなすのを忘れていたことに気づいた。

「警視殿、何かいかがですか？　カルバドスを一杯とか？……そうですか？　ビールを一杯とか？」

リュカは尻込みした。ホテル・カスティリオンの素晴らしいビールの後に、間違いなく冷えていない家庭用の安物のビールを飲む勇気が無かった。

「いや、ありがとう。ゆっくり休んでくれ。心配しないでくれ。何日かすれば……」

もちろんだ！　何日かすれば、リュカ警視は、あらゆる手段を意のままに使って解決することだろう！　そしてまた、警視の写真が新聞の一面を飾ることだろう。地区警察《ポリス・ミュニシパル》のロニョン刑事のことなど誰も話題にしない。

「それでは、失礼するよ……」

ドアが閉まると、ロニョンはほとんど泣きそうになった。食堂では、壊れた汽車のおもちゃで遊んでいる子供の前で、ネズミがずっと椅子に座っていた。ロニョン夫人は台所にいて、洗濯物のアイロン掛けをしている。何かを長く掛けすぎたのだろう、焦げ臭い匂いがした。

「お前は一緒に来るんだ！　奥様、これで失礼します。お大事にしてください」

警視とネズミは、同じエレベーターで降りて、否応なく体が触れた。一階に着くと、ネズミは笑顔を作って、気の利いた冗談のように訊いた。

「わしを逮捕されるのですか？」

警視は、平然として答えた。

「そうだ！」

七　ネズミ、引っかかる

タクシーの中でリュカ警視は、ベンチシートが空いているのに正面の補助椅子に座っているネズミのことを、完全に忘れているように見えた。

ネズミは警視を窺った。ネズミは警察のやり方をよく知っている。いろいろな人から聞いた司法警察の尋問の話は全部覚えているし、有名な『自供部屋』の存在も知っている。リュカが『サンドイッチとビール責め』で来るのか、『ひっかけ《シャンソネット》』で責めてくるのかと考えていた。

ネズミは理論に精通しているだけでなく、田舎にいた時は実際に何百回も警官に尋問されたことがある。そして田舎の方がもっと荒っぽかった。小さな町の警視や、ロニョンのように陰気な警官、脇腹を肘で小突いてくる陽気な警官、人を分け隔てせずにすぐにタバコ入れを差し出してくる警官などなど、あらゆる種類の警官を知っている。

タクシーはあっという間にパリを横切って、突然にオルフェーブル河岸（パリ司法警察の建物がある）の建物の広大な車寄せに着いた。中庭には日がさし、正門には三色旗がはためいているはずだ。百戦錬磨の自負があるとはいえ、ネズミは素人のように緊張していた。

リュカ警視は運転手に支払いを済ませ、丸天井《ヴォールト》の入り口に入り、左に曲がり、階段の上り口まで来ると、ネズミがいるのをやっと思い出したかのように、振り返った。

「ついて来るんだ」ネズミがついて来ているのだから、そう言う必要などなかったのだが。

リュカは軽い足取りで階段を上がると、司法警察の二階のドアを押して、廊下を歩く二人の人物と握手した。弁護士たちだろうと、ネズミは思った。

「局長から呼び出しはなかったか？」リュカが使い走り（ギャルソン・ド・ビュロー。案内、雑用係り）に声をかけた。

「もう十五分以上前ですが……」

ステンドグラスの窓から入る光が、ホテル・カスティリオンに置いてあるのと同じような赤いビロードの長椅子に、反射している。

「この男を三番に連れて行ってくれ」

警視はネズミに全然重きを置いていないようだ。警視は帽子掛けに帽子を掛けると、キルティングされた局長室のドアをノックした。ネズミはその場にいたかったが、使い走りが引き出しから大きな鍵を取り出して、ついて来るように促した。

「こちらです……。階段に気をつけて……」

ブタ箱に慣れているネズミは、壁がまっさらに白く塗られ、中庭からの光が入って来る本物の窓のある小部屋に目をみはった。スチール製のベッド、隅には机と椅子まで置いてある。

使い走りはためらってから、念のためというより、慣例通りに尋ねた。

「武器は携帯されていませんね？」

そしてドアが閉じられた。ネズミはベッドの縁に腰かけ、両手を組んで顎をのせると、突然、意に反して震え出した。

「内務省で昼食会があった」局長がリュカに言った。「お偉方たちが、例の事件の話をしていて……」

お偉方たちというのは、大雑把に言えば、政界の上層部、大臣たちや、代議士たち、それから多分大使たちのことだ。

「最後は、決まり文句のような話で終わったよ。最初の二人とそっくりで、もっと堅苦しくて、いい服を着た、三人目のスイス人が、ロンドンのクロイドン空港から着いたらしい。彼も〈バーゼル・グループ〉の役員で、最初の二人と一緒にロエムのスイートルームに閉じこもっている……」

リュカが面白がった。

「それなら、いっそのこと十二人とも集まれば！　全部で十二人でしたよね？」

「十二人か十三人かわからんが、わかっていることは、大臣が言っていたが、彼らは相当困っているということだ。言うまでもないが、会長のエドガー・ロエムがグループのトップだ。そして、彼は公式には死んでいないことになっている。従って、遺書を開封することが不可能だ。定款に基づいて、他の人間に交代させることも不可能だ。そして、この状況がずっと続かない保証はない……。パリだけでなく、ロンドンやブリュッセルやアムステルダムの株式市場で、十社以上の会社の株価に影響が出ているらしい」

「それで、どんな指示が？」リュカは案ずるふうもなく質問した。

「何としても死体を発見すること、ただし、今まで通り目立たないように行うこと……」

今度も決まり文句だったが、リュカは笑わなかった。執務室に戻ると、同時に捜査しているパリの郊外で発見された子供の殺人事件の件で、二人の刑事が待っていた。


「警視がわしを殴ったりしたら」ネズミは、窓から人気《ひとけ》がない中庭を眺めながら独り言を言った。「新聞に告発するぞと脅そう。まずは弁護士が付くまで、返答を拒否しよう……。そうだ！　男ではなくて、女の弁護士だ！　その方が面白いし、もっと話題になる……」

ネズミは暑かった。喉も乾いていた。ネズミは、急に不安になって、自分を元気づけようと独り言を言っていた。耳を澄ましてみても、階段を歩く音が時々聞こえてくる他には、何の物音も聞こえてこない。

中庭に、囚人護送馬車が着いたのが見えた。御者が降りてネズミの視界から出て行った。刑務所へ移送するために、自分を探しにきたのだとネズミは思った。

ネズミは、二時間以上も前から閉じ込められているように感じていた。なぜまだ尋問されないのだろう？　そうだ！　こんな話を聞いたことがある！　コカインを密売していたカフェのボーイが、真冬に、誰も来ずに二日二晩放っておかれて、食べ物も与えられなかった。やっと警視の部屋に案内されると、トレイの上にでっかいサンドイッチとビールが置いてあった。でもそれは、警視が尋問しながら、食べたり飲んだりするためだった！

それを、やられるかもしれない！　または、『ひっかけ《シャンソネット》』というやつだ。初めはゆっくりと、優しく質問してくる。俺は、お前を悪い道から抜け出させてやりたい、お前のためを思っているんだ、その方がいい……。その他もろもろ、じわじわと責めてくる！

そして、釈放されると思って白状した途端に、急に相手の態度が変わって、刑務所にぶち込まれる！

ネズミは、日が傾いているのを見て、このまま夜通しここにいるのが怖くなり、突然ドアに突進した。ドアを拳で叩き、足で蹴った。辺りは静まり返ったままだった。ネズミは、いつもと違って罵詈雑言をまくし立てた。

リュカ警視は、本当のところ何を知っているのだろう？　そして特に、ネズミが何を知っていると思っているのだろう？

ロニョンとだったら簡単なのだが。ネズミはハンディなしでゲームできる。だが警視の場合は？

夜の八時になって、やっとドアが開いて、刑事が入って来て尋ねた。

「何が食べたい？」

「警視はいないのですか？」

「ずっと前に出て行ったよ！」

「もう戻られないのですか？」

「どっちにしろ、今日は来ない……。それで、何が食べたい？　ハムか？　ソーセージか？」

「ソーセージがいいです……」

「白ワインか、赤ワインか？」

「赤です！」

ネズミはまた一人で残された。そしてまたドアが開いて、多分自分で買い物に行ったのだろう、帽子をかぶったさっきの刑事がテーブルに包みを置いた。包みの中には、大きなハムが三切れ、イタリア食品店の十センチはある本物のサラミ、赤ワインが二リットルとカマンベールチーズが入っていた。

「さあどうぞ！　電気を消したかったら、ベッドの脇にスイッチがあるから……」

「あの、刑事さん……」

「何だい？」

「もしかしてだが、新聞は持っておられませんか？」

刑事はポケットに真っさらなのを持っていて、ネズミに渡した。少し簡単すぎる！　そして贅沢すぎる！　それでもネズミは、やけ気味になって全部たいらげた。新聞に目を通しながら、ハムもサラミもカマンベールも全部。

三行広告欄には、前の日と同じ場所にアーチボルドの文言が載っていた。

つまり殺し屋たちは、ロニョンは関係ないことを知っている！　多分、ロニョンのしつこさが邪魔で襲撃したのだ。

彼らが会いたかったのはネズミだ！　そして多分、六月二十二日の夜にネズミを見ていたのだろう！

殺し屋たちはネズミが財布と中身を独りじめにするつもりだと思っているのだろう。そうだとすると、パリの真ん中でロエムを躊躇なく殺した連中は、もう一人殺すのに尻込みなどしない……。

もし、司祭館を諦めてしまえば……。

いや、全然ダメだ！　訴追しないと警視が約束したとしても、結局は殺人事件の共犯か何かの罪でぶち込もうとするだろう。

ネズミは眠れなかった。ひっきりなしに何かの物音がした。昼間と同じように、階段を上り下りする音が聞こえた。十分おきにどこかで電話の鳴る音がした。

朝になっても、囚人護送馬車はまだ中庭に止められていた。だが馬は外されていた。

八時になって、馬車に馬が繋がれ、半分は日光の中、半分は影の中に止められていた。

昨日の使い走りが、欠伸をしながらドアを開けた。

「何を食べたいですか？」

「わしは警視に話がしたい！」ネズミは憤慨して言った。

「警視はまだいらしていません」

「来たら、話をしたいと伝えて欲しい……」

「待っている間に、何か食べたくないですか？」

朝食には、クロワッサンと、ポットに入ったカフェオレと、紙で綺麗に包装された角砂糖が出て来た。

窓は開かない。太陽の光が独房に差し込み、ネズミは暑さに耐えかねて、靴下と上着を脱いだ。

ネズミは寝転び、また起きて、ドアまで行って耳を押し当てた。そして、囚人護送馬車がまだ止められているのを確かめた。

正午になっても、警視からの連絡はなかった。今度は、献立を訊かれることもなく、前の晩よりたっぷりの食事と二リットルの赤ワインが運ばれて来た。

ネズミは前の晩と同じように、腹立ちまぎれに食べた。そしてワインを全部飲んで、うたた寝し、飛び起きた。日はまだ高かった。

ネズミは本当に病気になった気がした。二十四時間前から、生理的欲求を満たしていない、そしてそのための場所が見つからない。赤ワインと食べ物で胃がむかむかする。

これはわざとやっているのだと、ネズミは確信した！ 壁のどこかに小さな穴が開いていて、誰かに観察されているのではないかと疑った。

ネズミは怒りに駆られて、またドアに突進した。他の奴にならい、本当の殺し屋にならい、こんな手を使えばいい！ でもネズミにはダメだ！ 十年前から、警察といわば俺お前の間柄でやって来た男には！

責任者はリュカだ。ネズミはだんだんと、ますますリュカが嫌いになってきた。頭に浮かぶリュカの顔が、ずる賢く、陰険に歪んできた。一体、あの顔が微笑んだりできるのか？ 粗野な男だ！目をぎょろつかせて、太い眉毛を動かすだけのロニョンみたいな正直な男ではない。

いつもこうだ！ ロニョンは頭をひどく殴られた。死ぬところだったかもしれない？ そして、もう一方はずる賢くて、誰かが何かを見つけたら、手柄を横取りする！

まったくその通りだ！ とはいえ、ロニョンが一番油断ならなかったことも事実だ。ネズミは、写真を盗まれて、痛い目に遭った。でも、結局真実を知っているのはネズミ一人だ。死体を見たと自慢できる人間は、ネズミ以外にいない。ネズミは、新聞に載っているバーゼルのお偉いさん方に会いに行くことだってできる。そして、こうも言える。

「わしに司祭館を買ってください、そしてささやかな年金を下さい……。全部話します。または、その方が都合が良ければ、わしは何も言いません」

ネズミは、彼らに言われた通りにする！　でも、リュカ警視がネズミを喋らせようとしても無駄だ。いくら食べ物と瓶入りのワインをたっぷりと出されてもだ！

ネズミを一年以上の刑にできるか？　いいや！　だったら？　黙ってさえいれば、封筒とドル紙幣は戻ってくる、遺失物はネズミに返されなければならないのだ！

ネズミは息苦しくなってきた。こんなに放っておかれるのも、何かの手だろう。そして朝から囚人護送馬車に繋がれて、時々蹄で敷石を打ち鳴らす馬もだ！　なぜ使わないのに、繋いでいるんだ？

「身の回りの品を身につけてください！」突然、使い走りがドアを開けながら言った。

「警視が来てるのか？」

「わかりません」

ネズミは、ぶつぶつ言いながら、靴下を履いて、上着を着た。

「わしが何を言ってやるか見ていてくれ、あんたの警視さんにな！」

ネズミは階段を上る時も、ステンドグラスの窓の光で照らされた待合室の中で待っている間も、まだ独り言を言っていた。部屋の隅で、四、五人の男たちが立ったまま話をしている。ネズミは男たちの会話に聞き耳を立てた。ネズミの話をしているとしか思えない。やっとドアが開いた。若い刑事がネズミを見て言った。

「お入りください！」

ネズミが入ると、刑事が出て行って、一人になった。机の後ろにリュカ警視がいた。

「座ってくれ。何か不足はないだろうね？」

結局のところ、本物のリュカ警視は、ネズミが想像をめぐらしていたような、しかめっ面の人物ではなかった。書類を読むために眼鏡をかけて、優しそうな雰囲気だ。そして興味深そうに一件書類を見ている。

「なあ！　お前さんは、本当は立派な人物だったんだな？　ここに書いてあるが、最初は村の聖歌隊の首席歌手で、それからパイプオルガン奏者で、そして、ストラスブールでオルガンの教師か……」

「それとソルフェージュです！」ネズミが付け加えた。

「何が原因で今の暮らしになったんだい？　酒か？」

ネズミは椅子の上で一瞬、体をくねらせた。自尊心をくすぐられ、わざと神妙な顔を作ってささやいた。

「特に女です！」

「もめ事があったのかい？」

「ええ、数え切れないほど！　そして、見てください！　この齢になった今でも、ある女のせいでここにいるザマです……。他の奴なら、わしみたいに若い女の写真を見つけても、そのまま放っておくことでしょう。わしは、興味を持ってしまった……」

　ネズミは喜びを隠せなかった。警視が知らず知らずのうちに、逃げ道を教えてくれているような気がした。この説明で押していけば、この事件を切り抜けられる。

「前科簿には犯罪記録がない……」リュカは一度も顔を上げずに、ネズミを見ることもなく、一件書類をめくっている。ネズミはその書類をぜひ見てみたくなった。「こんなに長い間路上生活をしている人間では、かなり珍しい！　鶏とか兎を盗んで気が咎めたことはあるんだろ？……」

「誰でもそうでしょ！」ネズミが言い返した。

「誰でもそうだな、確かに！」

　刑事が入って来て、別の一件書類を置いた。警視が言った。

「もうすぐだ、ジャンヴィエ！　この男を終わらせてからだ……。うっかり忘れてたから、早く外に出してやらないと……」

　ということは、外に出られる！　その上リュカ警視は、この取り調べを重要そうには言っていない。

　不思議だ！　ネズミは時々『ひっかけ《シャンソネット》』の取り調べの真似をして、留置所中を笑わせる。ネズミはやり方を誰よりも知っているはずだ。なのに自分が引っ掛けられているのだとも、リュカがそっとボタンを押して刑事が入って来たのだとも、考えつかなかった。

「他の連中には、待つように言ってくれ……」

リュカが腕時計を見て言った。

「どれどれ……今七時だ。十分後に行く……。今日は会えないとスタオリに電話してくれ。今日は街で夕食を食おうと、妻に電話してくれ……」

リュカはいやいやのようにネズミの取り調べに戻った。一件書類の中に何か粗がないか、無駄に探しているように見えた。

「まあ……質問には全部答えてくれたのは、確かだし……。ロニョンには何か考えがあるらしいが、どんな考えかわからんし……」

「ロニョン刑事は少し意固地です」

「ええ?」

「ここだけの話ですが、あの人には学がないから考えない。だから、最初に思いついたら、そのまま突っ走る……」

「なあ、聞いてくれ。お前さんはまともな人間だ、違うか？　刑務所に入ったこともないし、行きたくもないよな？　俺は今、外国のお偉方に関係する厄介な事件を背負わされているんだ。お前さん、法律は知ってるな？」

「どんな法律です？」

リュカは法令全書で条文を探すふりをして、やめた。

「第何条だったか忘れた……。どうでもいい。犯罪の目撃者で、その犯罪についての何かを司法に対して隠すすべての公民は、自動的に犯罪者の共犯と見做され、そのように訴追される……。どれどれ、何ページだったかな……。懲役五年以下の刑だ。俺の考えでは……」

ネズミは警戒した。

「俺の考えでは、ロニョンが疑っているように、お前さんが何かを知っているなら、お前さんは正直に証言しているはずだと思う……。俺は間違ってるか？」

「いいえ！」

警視は腕時計を見ると、そわそわし出した。そして、もう終わったというように立ち上がった。

「あの気の毒なロニョンが、アーチボルドとかいうややこしい話をしたんだ。俺には一言も理解できなかった……。お前さんはアーチボルドというのを知ってるか？」

「いいえ！」

「だいたい、そんな名前はない。アーチボルドなんて名付けようなんて誰も思わない……。何で、アルシビアードとかセソストーリじゃダメなんだ！」

リュカが笑ったので、ネズミもリュカを喜ばせようとして笑った。ドアがノックされた。さっきと同じ刑事だった。

「ご婦人が来て、待っておられます」

警視はネズミの方を向いて、小声で言った。

「すぐに戻るから……」

一人で残されたネズミは、机に身を乗り出して目の前の一件書類を見てみたい誘惑に駆られた。

これも多分、ネズミがいつも言っているやり方の一つなのだろう。だが、当事者になってみると、勘がまったく働かなかった。

書類の上に、三行広告のページを開けた新聞が置いてあって、ある広告が太い青鉛筆で囲まれていた。アーチボルドと書いてある……。

ネズミが新聞を手に取った時には、すでに警視が戻っていた。警視は驚きも、怒りもしなかった。正反対だった！

「そうだ！　いい考えが浮かんだ」リュカは上機嫌で言った。「街での食事は諦めよう。食べずに劇場に行けばいいか……」

警視は自分に言い聞かせているようだった。

「そうじゃないかい？……聞いてくれ。警察は、随分前からお前さんを毎晩泊めてやっているんだ、少しばかりのお返しをしてもらうために……。これまで良く世話してやったと思うんだが……。ロニョンはこの三行広告に意地になっている。俺にはわからんが、何かの謎が隠されていると言い張っていて、俺は確かめなくちゃあいけない。もし警官を差し向けたら、すぐに見抜かれるだろう……。俺とお前さんで一緒に行こう。お前さんはニューヨークヘラルド紙を手に持って、いつもの仕事のようにテーブルからテーブルを回ってくれ……。何か言いたいことはあるか？」

「わしですか？……何も！」

「一時間後には、お前さんは自由の身だ……。ちょっと待ってくれ」

警視は帽子をかぶると、部下を呼んで小声で指示をした。

「よし行こう……。タクシーをフーケの二百メートル手前で止める。怖くはないだろ?」

ネズミは喉をからからにして言った。

「奴らは、わしに何もしないでしょうか?」

「奴らって誰がだ? それに、刑事二人がお前さんを見守るんだ……」

「何と言えばいいですか?」

「何もだ。誰かお前さんに話しかける奴がいたら、それが俺たちが探している相手だ……」

「わしは夕飯がまだです!」ネズミは下手な口実を言った。

「俺もだ! 後で一緒に飯を食おう。さあ出発だ!」

ネズミは見事に引っかかっていた! 引っかけた方のリュカはタクシーの中で、もはや微笑んでいない。厳しい声で言った。

「何をそんなに、じたばたしてるんだ? お前には、平常心というものがまるでないようだな!」

「まずは、子供を認知していたか知る必要があります」オレンジの肌のバーゼルの紳士ゲイドがオースティングに言った。「同意されるなら、私がその女性に会いに行きます。そして、年金の証書を渡します、まずは年に一万五千フランというところですか……」

「私は遺言書の開封を待つべきだと思う」オースティングが反論した。太く短い指で葉巻を注意深く持っていて、灰が三センチほどになっている。

「フランスでの、失踪宣告を得るまでの期間は?」三人のうちのロンドンから来た一人が訊いた。

「今日の夜に、顧問弁護士に会う予定です。一年はかかると、私は思います」

「それで、もし死んでなかったとしたら？」

するとオースティングは、いつもと違って、そして取締役たちのみならず、〈バーゼル・グループ〉の伝統に反して、逆上してテーブルを叩き、灰を撒き散らした。

「それでも死体はどこかになければならないのだ！」

もっと冷静なロンドンの紳士が呟いた。

「死体の話の方は、まあ置いておきましょう。でも、自動車があります！　先ほど自動車修理店が請求してきた自動車代金の請求書を見ました。五万フランでした……」

「二万フラン払っとけ！　それ以上の価値はない……。いや、それよりも、一切払うな。先方は、保険を掛けているはずだ」

この紳士方はまったく抜け目がない！　ホテル・カスティリオンのスイートルームにあった全部の書類の目録を作り終えていた。どんな書類も、何一つ見逃さなかった。切手のコレクションも、その日の午後に専門家の鑑定に出していた。

ロエムが失踪した時に、多額の現金を持っていたかどうかが、一番難しい問題だ。なぜなら、ロエムは銀行口座の他に、切手を保管している家具の中に相当な額の現金を入れていたからだ。

ライティングビューローの中には五百ドル札が十枚と千フラン札が八枚入っていた。模範的な社員として、足音を立てずに行ったり来たりしているミュラーには、いつもはもっと入っていたとは言えなかった。

ミュラーの処遇は決まっていた。七月十二日に出航する、フランス郵船会社の中国行きの客船に席が用意されていた。

ミュラーはクビにされなかったが、遠くに追いやられた。一時的なのか、ずっとなのか、それは紳士方だけが知っている、もしくはこれから決める。

紳士方はロビーで、強いなまりで喋りかけてくるくすんだ顔色の外国人の男に出会ったが、相手の名前を訊こうともしなかった。紳士方は、スタオリも、ベルリンで局留郵便で知らせを待っているその娘も、相手にする気はなかった。

「よく考えろ！　すぐに返事をするな。あの女が会社に被害を及ぼすことはないか？」ミュラーへの質問の重大さは、声の響きでわかった。「あの女が、お前の事務室で極秘の資料を見たことはなかったか？　お前は、危ない打ち明け話をあの女にしてはいないか？」

「ロエム会長の愛人のこと以外は喋っていません。ロエム会長がドラをいつも蔑むように見ていたからです……」

「よく考えろ！　今夜返事を聞こう……」

ミュラーが返事をしたところだった。こうだった。

「いいえ！」

そして紳士方はミュラーが嘘を言っていないことを確信して、スタオリたちを恐れなかった。従ってミュラーは中国に行けたし、紳士方は小さな策を弄してくるスタオリ父娘を無視することができたのだ。

「ゲイド！　明日は、あの女に会ってくれ」

あの女とはリュシル・ボアヴァンのことだ。

「会う前に、区役所に行って、子供のことを調べろ」

夕立が来そうだ。空が雲に覆われている。開け放たれた窓の内側で、カーテンが揺れている。日がすっかり暮れて、方々で電灯が灯り出した。

だが三人の男たちは、肘掛け椅子に深く腰掛けて、薄暗がりの中で葉巻を吸いながら、ひっそりと話し合いを続けている。


タクシーがシャンゼリゼのカフェ・ジュールの前に止まった時、五フラン硬貨ほどもある大きさの最初の雨粒が落ちてきて、アスファルトの上で砕けた。同時に道路に突風が吹いて、何人かの通行人たちの髪の毛を乱し、地面すれすれに細かいホコリを巻き上げていった。

リュカは、ネズミに「行け！」と言った後、車内に残った。席からはフーケのテラスが見渡せる。

リュカは心配だった。確かにテラスの端には、まだ新聞に写真が載ったことがなく、従って顔が割れていない若手の刑事が一人いる。

だが、にわか雨を避けるために客たちがテントの下まで移動し出した。そのために混乱していて、新聞を手に持って歩くネズミが見えなくなってしまうかもしれない。

ネズミはいつも以上に左足を引きずっていた。驚異的な本能か習慣か、ネズミは、早くも雨で濡れかけている吸い殻の前で身をかがめた。

どうするか？　ネズミは警視が慎重を期しているのを知っている。ネズミは何としてもテラスに沿ってうろつかないといけない。殺し屋たちが、一昨日のロニョンの時のように用心深くなって、出て来ないことを祈るのみだ。

ネズミは、タイトル名が見えないように新聞を持とうかとも思ったが、リュカ警視には通用しそうもなかった。

あと何メートルかだ……。水に飛び込むような気分だった……。ネズミは、テーブルの方に進んで行き、第一声を発した。

「一杯やるために二フランを持っておられないか？」

特にこの仕事では口調が肝心だ。それが証拠には、三つのテーブルを回っても一フランも集められなかった！　確かに客たちは雷雨で不安になり、雨が降り続いた時にどうやって帰るかを心配していることも事実だ。慌てて幌を閉めた空車のタクシーを止めようとして、ボーイたちが苦労している。

「一杯やるための二フランを、ひょっとしてお持ちでは……」

ネズミは客の顔をじろじろと見ては、時々ロニョンのように頭を殴られるのを恐れて、無意識に跳び下がった。

そうならない理由はない！　そして、殺し屋たちがネズミの口を封じるために、もし本当に殺そうと思ったら？

「紳士、淑女方、失礼します。二日間も酒を飲んでいない哀れな乞食に二フランを……」

今度は、二フランせしめた。店の雰囲気から浮いている若い刑事に気づいた。でも、本当に警察の人間なのか、それとも殺し屋か？

ネズミは端まで来た。今度はジョルジュ・サンク側だ。リュカから見えないので、動きを速めれば、助かるだろう。

二人の男が小さな丸テーブルの前に座っていた。二人はネズミが近づいてきても何の興味も示さなかった。二人の近くではタクシー待ちの人たちが立っていた。ネズミは通り過ぎようとした。

あっという間だった！　あまりに早くて、ネズミには何もわからなかった。ネズミが手錠を掛けられたのは初めてで、両手首の上で不吉な音を立てて錠が閉められ、腕全体が強く引っ張られた。

「警察だ！」男のうちの一人が群衆をかき分けながら、短く言った。

ネズミは動転して助けが来ないか周りを見回したが、二人の男が強引に引っ張って行った。

何秒か後には、ネズミは歩道の端まで引っ張られていて、自動車の座席に放り込まれるとドアが閉まった。

男たちのうちの一人がネズミの右に、一人が左にいた。自動車が走り出して、フーケの客たちは今の騒ぎをもう忘れかけている。

何本かの映画に端役で出た女が、ただ一人呟いた。

「それにしても、何て荒っぽいこと！」

八　電話の夜

シャンゼリゼ通りのアスファルトの舗装は川のようになり、それ自体もまるで水溜りのようなくすんだ空が映っている。色もなく、濃淡もない、白と黒の景色の中で、人々の黒い影が歩道の縁を走り、黒い自動車の群れが大河となった道路を進んで行く。

ネズミに手錠を掛けた男が右に座っていて、前にかがみ、運転席とを隔てる窓ガラスを開けながら短く言った。

「行くんだ、リリ！　突っ込め！」

なぜなら、ロータリーで警官が止まれの合図をしたからだ。自動車は通り過ぎた。警笛の音が鋭く三度、四度と鳴らされたが、警官の呼び子に雨が入って、間抜けた音に変わり止んだ。

「河岸へ行け、リリ！」

男は褐色の髪で、筋肉質でがっしりとした体格で、ボクサーの潰れた鼻をしていた。カードゲームをするように、冷静に、すべてに気配りしていた。前を見て、後ろを見てから、二度、三度後ろを振り返ろうとしていたネズミを見た。

「おい、言え！　お前、一人で来たのか？」

運転手のリリは十九歳になったかどうかだろう。ルーヴルの前まで来て、指示を聞くために速度を落とした。

「このまま行くんだ！　好きな方からパリを出ろ」

鼻の潰れた男はネズミをじっと見てから、後ろを走る車を見た。

「俺の質問が聞こえなかったのか？　一人で来たのかと聞いてるんだ」

「もちろんです！」

「お前、嘘をついてるな！」

本当のところ、ネズミはどうすれば良いかと焦っていて、質問をよく聞きもせずに返事していた。司祭館だけでなく、自分の首が守れるかの、運命が決められる時が来ていると思った。

自動車は急ハンドルを切って、路面電車に擦り、シャトレ広場でスリップした後、奇跡的に立て直った。その間、リリは冷静にハンドルを握り、ボクサーはずっと思案している。

「誰も追っては来ない」後ろの窓から長い間見ていた後に、『鼻潰れ』の仲間が言った。

「警戒を続けるんだ……。あのタクシーは何だ？」

「リヴォリ通りから来た」

「確かか？」

「間違いない。サマリテーヌの辺りで出てきたのを見た」

リユカ警視は後ろにいるのか、それともいないのか？　それが、ネズミが最初に考えたことだ。次に考えたのは、どう言えば一番いいのかだ。警察が罠を仕掛けて、望んでいないのに囮にされた、とでも？

危険だ。右にいる男は情け容赦なく、どんな危険もためらわないだろう。車は物凄いスピードでパリを突っ切って、早くもイタリア門の近くに来た。もし車が追跡されているなら、滑りやすい道路の上での、銃の打ち合いになることだろう……。

「お前の近くにお巡りはいなかったんだな？」

「見ていません！」ネズミはできる限りの正直顔で返事した。

相手は信じたようだ。低く呟いた。

「まあ、そういうことにしておこう！」

そしてリリに、「このまま走れ！　パリの周りを一周して、サンドニ門かパンタン門から戻れ」と命じた。

「手が痛いです」ネズミがうめいた。手錠であざができていた。「警察の方々ではないのですか？」

「馬鹿のふりをするな、老いぼれの悪党め！」

周りには、木々や野原の光景が広がり、雨が打ち付けていた。ネズミは、故郷のアルザスの村を思い出し、道端に止められている雄牛をしみじみと眺めた。

ネズミの左にいる男はあまり怖くなかった。それに、シャンゼリゼで何度か見かけたことがある気がした。

男は、ボクサーとは反対に、背が高く軟弱で、髪の毛が薄く、無一文になった貴族のような気取った服装をしていて、伯爵という呼び名に相応しかった。ネズミと同じくらい居心地が悪そうで、車内に向き直るたびに、もう一人が命令した。

「後ろを見ろ！」

「追っ手はいないよ……」

「お前、答えろ！」

『鼻潰れ』はネズミを本気で調べにかかった。自動車は走り続けている。シガーライターでタバコの火をつけるリリの背中は動かない。

「あの財布はどうした……」

「どの財布ですか？」

ネズミはまだ、どうするか決めかねていた。何よりもまず知りたいのは、リュカ警視が後ろにいるのか、いないのかだ。だが、交通規則を無視して縫うように走り、今もまだ池のように光っている舗装道路の上を時速百キロで疾走している車を、ただのタクシーでどうやって追跡できる？

「ねえ、フレッド！」運転席のリリが前を向いたまま言った。

「何だ？」

「街に戻る前に、あと半時間ドライブしようか？……わかるよね？……じじいをちょっと傷めつけ過ぎて、死体を片付けないといけない時に……」

リリはタバコをくわえたまま、自然な声で言った。『鼻潰れ』はしばらく考えてから、賛成した。

「そうしよう！」

伯爵は緊張しているようだったが、他の二人はまったく冷静だった。そして、フレッドと呼ばれた方の男が、ネズミの腕を突然つねりながら言った。

「財布はどこだ?」

「誓って言います……。ああ痛い!」

「まだわかってないようだな? 俺たちが、お前の小芝居で満足するとでも思っているのか? それにまず、なぜもっと早くに来なかったんだ?」

「おっしゃっていることが、わかりません……」

「広告を読んでなかったのか?」

「読んでいません!」

「刑事に喋ったのはお前か?」

「ロニョン刑事にですか? 絶対にありません! そう思っておられるなら、間違っています……」

後ろには車がいない、ということは……。外は暗くなっていた。景色の一部が、ヘッドライトに浮かんでは通り過ぎて行く。ネズミは、ひどく不安になってきた。

リリの提案を聞いてから、こんな映像がネズミの頭から離れない。車がどこか、例えば小さな森の近くに止まるとする。そして、フレッドがリリに手伝わせて、ネズミの死体を茂みの中に投げ込む。死体が発見されるまでには、何週間もかかる。

そのやり方で、彼らはロエムを片付けたのではないのか? そして時々、そんなやり方で森で発見された老人の死体の記事が、新聞に載ってはいないか。

ネズミは激しい恐怖を感じたが、それでも、司祭館を持つ夢も捨てきれなかった。

「財布はどうした？」

「わしではない！　人違いです！」血が出そうになるまでつねられても、ネズミはそう言い返した。

「痛いです！」ネズミが呻いた。「やめてください、お願いです……」

ネズミは、戸惑いか、おそらく同情のようなものを嗅ぎ取って、伯爵の方を向いていた。

「なあ、あなた！　わしを放すように言ってください。もし何か知っていたら、わしは話します。もう一週間以上もこの話でみんながわしを追いかけ回している……わしは誓って言いますが、あんた方は間違っている！　わしのような哀れな老いぼれが、嘘をついて何の得がありますか？」

村落や車を見るたびに、ネズミは胸がドキドキした。自由な人々がそこにはいる！　パンクか、燃料切れか、何かちょっとしたアクシデントでいい……。

伯爵が咎めるように見たに違いない、フレッドが言った。

「こいつの顔は覚えている！　こんな馬鹿に俺が騙されると思うか？　なあ、リリ！」

「いいや！」

「急いで家に戻ろう。もっと、じっくり話ができる……」

フレッドはシートの隅にゆったりと座り、紙巻きタバコに火をつけ、時々言葉を切れ切れに言うにとどめた。

「よく考えろ、ゆっくりとな……。だが、結局は喋ることになるということを忘れるな」

沈黙が長く続いた。車はシャラントン門からパリに戻った。伯爵が覗き窓からずっと外を見ている間、フレッドはじっくり考えていた。そして伯爵に訊いた。

「フーケの辺りに、見覚えのある警官がいなかったのは確かだな？」

「いたら言ってるよ……」

「わかった！」

だがフレッドは納得していなかった。不満そうで、嫌な疑いを捨てきれずにいるようだ。パリに入ると、自ら後ろの監視をして、何度か迂回をさせた後に、車はやっとブランシュ通りの端で停車した。

「リリ、車を頼んだ！」

「了解！」

「お前、もし声をあげたら……」

そして、フレッドは警告として、ネズミの腿にナイフを五ミリほど食い込ませた。


同じ日の夜にコリゼ通りの映画館の前で盗まれた車は、ロシュシュアール大通りで捨てられた。そしてリリは、徒歩でゆっくりとブランシュ通りに戻った。細かい雨が夜通しやむつもりがないかのように、ずっと降っている。リリは通りの角のバーに入った。バーからは、三人が入った建物の入り口が見通せる。

ネズミの方はどうかといえば、丸裸にされていた。今にも嗚咽しそうな様子だった。

住居には二部屋と、台所として使っている小部屋しかなかった。伯爵は戸棚からハムとパンを取り出して、目の前の光景に興味ないふりをしながら食べている。

雨が降っているのに気温が下がらず、窓も閉めておかねばならず、フレッドは上着を脱いだ。そして、鑑識のプロの綿密さで、服の縫い目の端々まで調べ、靴底はナイフを入れ、ヒールは切り離した。

部屋にある家具は、ベッドとテーブルが一つずつ、椅子が数脚、そして鏡の付いた洋服ダンスが一台、と最小限だ。家具付きの住宅を借りたのだろう、隣は小さな客間で、みすぼらしい絨毯が敷いてあり、色あせたつづれ織りのカバーがかかった肘掛け椅子が置いてある。

ナイトテーブルの上の目覚まし時計は十一時十分を指している。フレッドがため息をつきながら近づいてくると、ネズミは腕を伸ばして防ごうとしたが、遅すぎた。ネズミは顔の真ん中にパンチを受け、鼻から血を出して左まぶたを腫らした。

「強情なじじいだ！　わからせてやるにはどこまでやらないといけないんだ？……なあ伯爵、俺たちはこいつのために働いているんじゃないと、説明してくれないか？　あの財布だ！」

パンチがまた飛んだ。自分の血を見て、ネズミは気力をなくした。

「待ってください。今言います……」

「早くはないな。言え！」

「それは！　こういうことなんです……。どこにあるのか知りません」

「何だと？」

「いいえ！　待ってください。本当なんです。今どこにあるのか知らないのです……。毎晩ブタ箱で寝ていて、時々身体検査をされるので、ポケットの中には入れておけませんでした……」

「どこだ?」

「バスの……走っているバスの座席の下です」

フレッドが眉をしかめ、伯爵は食べるのをやめた。

「どこのバスだ?」

「明日、案内します」

「まったく! それで通ると思っているのか? 悪党め! 正直に喋らせてやるから、待ってろ……」

ネズミはもう限界だった。こんなふうに自分を裏切って、殺し屋たちの思うがままにさせているリュカ警視にひどく腹を立てていた。

「待ってください! 名誉にかけて本当だと誓います。マイヨ門の車庫に入っている古い青色のバスです……。ボンネットにコウノトリの絵が描いてあります」

「見たことがある」伯爵が言った。

「間違いないな? だったらマイヨ門に急いで行ってくれ。車庫の守衛はうまくごまかすんだ」

伯爵はほっとした様子で、帽子をつかんで戸口へ進んだ。

「ちょっと待ってください!」ネズミは、乱暴者と二人だけ残されるのに耐え難い恐怖を感じて叫んだ。

「まだ何があるんだ?」

「財布は空です……。というかほとんどが……」

「冗談はやめろ！」

二人とも信じなかった。伯爵は帽子を頭にのせ、片手をドアの掛けがねに置き、サンドイッチの最後の一切れを咀嚼しながら待っている。

「中身はどうした？」

「遺失物係に預けました……」

「遺失物係だと……」

フレッドは理解できず、額にしわを寄せ、立ち上がってまた殴ろうとしたが、伯爵が割って入った。

「待て。こいつの言っていることは多分本当だろう……」

「だったら、じじい、説明しろ！」

「あんな大きな金を手元に置いておけませんでした。逮捕されます。警察には拾ったと信じさせました。そうして、一年以内に誰も請求しなければ……」

仕方がない！　今は、命を守らないと！　新たなパンチを避けて、生きて出られそうもないこの部屋から何とかして出て行かなければ……。

だが、それにもかかわらず、ネズミは頭の奥で考えを巡らせていた。殺し屋たちが、金を取り戻すために遺失物係に行くことはない！　いや、あり得なくもない……？

「正直に話す気になったんだな？」うんざりした声で、フレッドが低く言った。

「本当のことを全部話すと誓います！」

「さあ！　ズボンを履け。お前は見苦しすぎる！」

そしてネズミに服を投げてよこすと、フレッドが近づいてきた。今度は殴るためではなく、手錠を外すためだった。

「ごまかそうとしたらどうなるか忘れるなよ……。鼻を拭け。伯爵！　濡れたタオルを渡してやれ」

ネズミは勘違いして、いつものコントの始め時だと思った。服を着ると、もう気が緩んでささやいた。

「もっと早くに、あなたたちが紳士だと名乗っていただけていれば……」

「御託はいらん！　説明しろ！　遺失物係には何を預けた？」

「封筒に入れたドル札です……」

「全部か？」

ネズミはごまかそうとしたが、フレッドの目を見てやめた。

「金種ごとに一枚ずつ少なく……。おわかりでしょうか？　そうすれば、もし誰かが受け取りに来ても、正確な金額が言えずに、封筒は返してもらえない……」

ネズミは哀れみを乞うように目をしょぼしょぼさせた。だが、反応はなかった。

「それで、残りはどうしたんだ？」

「残りの何ですか？　写真が一枚とルナ・パークの切符が三枚入っていました……。写真は、ロニョン刑事がくすねました。それがすべての始まりでした……」

「手紙は？」

「手紙はなかったです。誓って言いますが、今度は本当のことですが、封筒は空でした」

「封筒を捨てたのか？」フレッドが突然苛立って叫んだ。

「いいえ。財布の中に入れたままです……」

フレッドが伯爵を部屋の隅に連れて行き、低い声で何かを伝えると、伯爵は男二人だけを残して出て行った。

ネズミは自信を取り戻し、この機会をどう利用するか考えた。

「一ついいことをお教えしましょう。もしあなたが、もうそんなには長くはない哀れな年寄りを、これ以上殴らないと約束していただければですが……」

フレッドは聞いていない。カーテンを少し開けて、通りの様子を見ている。雨の降り続く音が聞こえてくる。

「ドルの分け前のことです。今のままでは、誰の元にもほとんど入って来ません。わしなら一年後に引き出せます、もし少しだけ分け前を約束していただければ……。田舎で掘立小屋を買えるだけで十分です……。今わしは、警察に目をつけられて、嫌がらせされているのです」

フレッドは無言でずっと外を見ている。角のバーのガラス窓越しに、見張りをするリリのシルエットが見える。フレッドは落ち着いていて、その視線に少しの緊張もない。

「いつまで独り言を言ってるんだ」フレッドがため息をついた。

「ご勝手にどうぞ。だが、わしの言ったことは……」

「黙れ！」フレッドはうんざりして叫んだ。

こんな夜中なのに、建物のどこかで蓄音器かラジオの音がしている。ネズミは、客間のテーブルの上に電話機が置いてあることに気づいた。もっと近くにいれば、さりげなく警察救助隊《ポリス・スクール》に電話できるのに……。

「喉が渇いたのですが」ネズミは、もしやと期待して言った。

フレッドは台所の蛇口を指した。だがその方向に出口はない、ネズミは水を飲むふりをした。


リュカは、フレッドと同じように上着を脱いで、フレッドとほとんど同じような険しく暗い目つきで、フレッドと同じように素っ気なく部下を送り出した。

リュカの期待した通りにすべてはことが運ばなかった、ということだ。だから臨機応変に作戦を練り直さなければならない。このままでは、勝負に負けてしまう。

最初の見込み違いは、フーケでネズミが車に乗せられるのが、あまりにも早かったことだ。警察の自動車が近くにいたのは事実だ。だがタクシーの車列から、なかなか抜け出せなかった。

そして、雷雨だ。豪雨がパリ中の交通を大混乱させた。

大型車を運転して、通行人を轢くことも躊躇しないリリにとっては都合が良かった。だが、司法警察の車両はそんな速度を出すわけにいかない。

そういう訳で、リュカは司法警察ではなくパリ警視庁に向かった。

リュカはワイシャツ姿で、パイプをくわえ、三階の広大な部屋にいる。ここは、警察救助隊《ポリス・スクール》の指令室で、警察の頭脳といっても良い。なぜなら、電信機がすべての分署と繋がり、電話交換機の近くの壁にある電光掲示板は、警察救助隊《ポリス・スクール》からのすべての連絡を知らせるからだ。中庭に面した三つの窓は大きく開けられていて、照明のかさ《ハロ》の中で霧雨が舞っているのが見え、時々ノートルダム広場からのクラクションを鳴らす音が聞こえてくる。

同じ階のすぐ近くに住居がある、地区警察《ポリス・ミエニシパル》の局長は、その夜、友人たちをもてなしていたが、捜査の進展を早く知ろうと、すでに二度も様子を見に来ていた。別の建物の向こう端にいる警視総監は、十五分おきに電話をしてきた。

夜の十一時十分だった。今や、最後は運の問題といってよかった。

リュカはできることはすべてやっていた。可能な手段はどんな細かなことも疎かにはしていない。非難できる点を挙げるとすれば――捜査が失敗した場合必ずリュカが非難されることになるからだが――それは、フーケのテラスで二人の男がネズミに声をかけた時に、二人を逮捕せずに、ネズミを見殺しにしたことだ。

新聞は憤慨して書き立てることだろう。そして、善良な市民といわれる人たちも憤慨することだろう。事情を理解できるのは同業者たちだけだ。

リュカは遠目に見て伯爵とわかった。伯爵は、小切手の不渡りや詐欺罪などの軽い刑ではあるが、少なくとも四度有罪判決を受けている。

リュカは、殺人が絡むようなこんな事件の現場に伯爵がいるのを見て困惑した。どんな男かよく知っていると思っていたからだ。

もう一人の男は、フランスで一度も有罪判決を受けたことはないが、伯爵とは違っていた。フレッドは、多分シチリアの出身で、禁酒法時代のアメリカで四、五年働いたあとずっとパリにいる。挙動と交友関係以外に、はっきりと咎め立てできる点はない。

ネズミに手錠を掛けた瞬間に、二人を逮捕する？　それから、どうする？　二人とも口を割るような男ではない。自供が得られなければ、うまくいっても、職務詐称で三か月の禁固がいいところだ。

ネズミは何かを隠している！　リュカのもくろみをはっきりと言ってしまえば、二人のならず者たちはネズミの口を割らせるために、司法警察の警視が使ってはならない手段を持っているということだ。

ある有名な警視総監が言ったように、警察は子供相手の仕事ではないのだ。

そしてリュカがこの作戦を立てた時には、部下たちが犯人の車の追跡に取り掛かろうとする絶好のタイミングで、嵐が来ることまでは考えていなかった。

だが、そのあとの備えには、抜かりがない。そして警視が、電話回線と電信機が集中して繋がるこの部屋で捜査の指揮をとることにしたのも、単なる思いつきではない。

まず最初に、三分も経たないうちに、フランス中の警察署に自動車のナンバーが連絡された。そして早くも十五分後に、十三区の分署から該当の車がイタリア門を通過したとの連絡が入った。

そして、伯爵が週単位で借りているワグラム通りのホテルのロビーには、八時半から刑事が見張りについた。

別に、二人の刑事がシャンゼリゼとエトワールのバーを回って、フレッドについての聞き込みをしている。それと同時に、巡査部長がブランシュ通りの建物に入って、フレッドの住居の上の階の階段で張り込んだ。

ヴィルヌーブ・サン・ジョルジュ（パリの南約十六キロにある村）の憲兵隊からは、自動車が通過したと二度連絡してきた。車は多分その地域を一周したのだろう。そんな遠出はできない警察の小型車は、運転手と四人の男を乗せて持ち場に戻り待機している。

パリ中のすべての分署には、車だけではなく、中にいる男たちの特徴も知らされていた。公道にいる警官たちは、誰一人として通行人の顔を見逃さない。

そして、二十台の警察救助隊《ポリス・スクール》の車両が、二十の分署で、警官たちを乗せて待ち構えている。

「まだ動きはありません、警視総監殿。奴らはヴィルヌーブ・サン・ジョルジュの方にいて、パリに戻ろうとしているようです……」

フレッドたちがもっと遠くまで行きそうなら、セーヌ県や、セーヌ・エ・オアズ県、セーヌ・エ・マルヌ県の、小さな村々の憲兵隊にまで連絡が行く手はずだ。

リュカは、サンドイッチさえ食べていなかった。リュカも、ならず者たちが小さな森の茂みの中に、ネズミの動かなくなった体を投げ入れる光景を思い浮かべた。

今はリスクを承知でやるしかない。できる限りのことはやった。

その同じ時間に、スタオリが同胞の友人夫妻――妻はとびきりの美人だった――と一緒にシャンゼリゼの劇場にいることを、リュカは知っている。

バーゼルの紳士方に関しては、一人は寝ていた。オースティングだ。ロンドンからの紳士は、ドヌー通りのイギリス・バーにいて、まったく意外なことに、一人でウイスキーを味わっていた。オレンジの肌に関しては、フォリー・ベルジェールの何と一番前の席に座っていた。

念のために調べさせて、アーチボルド・ランズベリー卿は日本大使館のレセプションに出席していると知っても、リュカはにこりともしなかった。

雨が降り続いて、すべてを濡らし、夜の間はやみそうもない。雨は外気を冷やしたが、何日も続いた熱気をアパルトマンの中に閉じ込め、パリジャンたちは眠れぬ夜を過ごす。

突然、電話が鳴り出して、電光掲示板の電球が次々に点灯し始めた。三台の受話器が次々に応答を待っている。地区警察《ポリス・ミュニシパル》の局長は来客たちを帰し、リュカの後ろについている。

最初に連絡してきたのはピクピュス分署で、車はシャラントン門からパリに戻った。次はキャンズヴァン分署からで、車は速度を落としてドメニル通りを進んでいた。そして、フォリー・メリクールとオピタル・サン・ルイ分署から次々と連絡が入った。

車はモンマルトルに向かっていた。運転手の他に、生きた人間が三人乗っていたかどうかは、どの警官にも確認できなかった。

だがその代わりに、ブランシュ通りの建物の階段に陣取っているジャンヴィエ巡査部長から、最新の情報が入った。声と同時に、蓄音器の鳴る音が聞こえた。

「今、上の階のとても協力的なご婦人のお宅にいます……。下の階で声を聞かれないように、音楽を流してもらっています……。もしもし！……聞こえますか？　奴らが戻ってきました……。運転役が戻って、自動車はまた出て行きました……。私は踊り場まで降りていきます……。応援を呼んでください！」

ロシュシュアール分署からすぐに連絡が入った。

「アンヴェール広場の近くで該当の車が見つかりました、中に人はいません。どうすればいいでしょうか？」

リュカは、自宅から電話してきた警視総監に返事した。

「窮地は脱したと思います！」

リュカは午後の一時から何も食べていない。いつも夜食を持参してくる電話交換手の瓶入りビールを拝借して飲んだ。

「マンサール通りとブランシュ通りの角に車を一台止めろ」リュカが指示した。「あと一台はモンセー通りの角だ」

ブランシュ通りの両方向をふさぎ、ならず者たちを閉じ込める作戦だ。

指示を出すとすぐに、ジャンヴィエ巡査部長からまた電話があった。

「のっぽの太った方も出て行きました。ネズミはフレッドと二人きりです」

今度は、奇策の出番だ。リュカは念のために信頼できるタクシーをブランシュ通りの建物の近くに配置するように、サン・ジョルジュ署に指示していた。タクシーは本当に信頼できた。なぜなら、私服の刑事が制帽の代わりにハンチングをかぶり、仲間のふりをして運転手の横に座っていたからだ。

雨のために、タクシーは劇場の周りに集まっているが、一台のタクシーがちょうど通りかかって、伯爵が呼び止めた。

「マイヨ門だ！」運転手の隣に誰かがいるのも見ずに、伯爵が叫んだ。

それでも、勝負が終わるまでは勝ったと言えない。念のために午後からバーゼルの紳士方に付いていた刑事の一人が、得意げに電話をしてきた。オレンジ肌の男、ゲイド氏が、フォリー・ベルジェールの舞台の休憩中に、官能的なダンスを誘ってきた客引きの誘いに乗って隣の有名な館に入って行ったとのことだ。

「わかった！」リュカが低く言った。

「尾行を続けますか？」

返事するまでもない！　警視はもう他の電話に出ていた。

「もしもし！　奴はマイヨ門の車庫に入りました。私はどうすればいいですか？」

「そこにいろ、奴が出て行ったら、守衛に何があったか訊くんだ……」

こんな場合の数分は長い。ジャンヴィエからの連絡がないから、なおのことだ！

「もしもし！　また私です……。奴は出て行ったところです。奴はブランシュ通りに向かっています。それで、もう私は付いて行かなくてもいいと思ったのですが……」

また伯爵のことだった。電話はマイヨ門からだった。

「守衛が私の横にいます……。奴は、ボンネットにコウノトリの絵が描いてある競馬場用の特別車両を見たいと言ったそうです……」

「……」

「その車両は例年通りにヴィシーのシーズンに合わせて、二日前に移送したそうです……」

「……」

「どうすればいいですか？」

リュカはまた受話器を取り、ヴィシーの特別司法警察担当官に繋ぐように言った。そして、部下に受話器を渡しながら言った。

「電話に出たら、ボンネットにコウノトリの絵を描いた青色のバスを押さえて、封印するように伝えてくれ……」

リュカは上着を着て、帽子をつかんだ。

「お前とお前……。そうだ、二名と一緒にブランシュ通りに行く……」

中庭で小型自動車が待っていて、二人の守衛がノートルダム広場に向いた両開きのドアを開けた。

自動車が濡れた路面を進んで行く七分間だけ、リュカはうたた寝をしているようだった。

九　ロニョン夫人の東奔西走

通信士が洗面所に行くために、パリ警視庁の三階にある警察救助隊《ポリス・スクール》の司令室から出ると、階段の踊り場で漂流者の女性を見かけた。というのも、怯えた目つきといい、濡れた服、雨で歪んだ帽子といい、ロニョン夫人はまさに漂流中の女性のような外見だったからだ。

「どうされたのですか?」通信士が聞いた。

「リュカ警視はいらっしゃいますか?」

「入れ違いですね。今出て行かれました……」

ロニョン夫人は階段の踊り場に立ったままだが、通信士は気に止めなかった。ロニョン夫人がリュカに会い損ねたのは、人気《ひとけ》のないパリ警視庁の建物の中を、たった一人で、半時間も彷徨っていたからだった。常夜灯に照らされた廊下は、何キロも続いていて、目に入るものはドアに部屋番号が書かれた何百もの空室だけだった。

一階で、ロニョン夫人がリュカ警視の居場所を尋ねると、こう返事があった。

「中庭の奥の、左側の三番目の階段を上ってください、柵の後ろです……」

ロニョン夫人は階段を間違えた、それだけのことだ！　そして、散々探し回ったあげくに、やっと人間に出会えた。だが相手は夫人ほどには気にかけずに、いなくなった。

「何があっても、この手紙をリュカ警視に直接渡してくれ!」ロニョンが妻に言った。

ロニョンはよりによって、この日の夜にひらめいたのだった。昼の間はずっと、話しかけられても ロニョンはこう言って拒否した。

「俺は、考え中だ!」

そんなことで、ロニョン夫人はもう十分に機嫌を悪くしていた。ロニョンは一人だけで考えたりはしないから、なおさらだった。その度に、いちいち何かが必要なのだ。まず鉛筆、次に紙、そして昨日の新聞、それから一昨日の新聞、その上電話帳はロニョン夫人がカフェに行って借りてこなければならなかった……。

そして、嵐がひどくなってきた時に、ロニョンはこう言ったのだった。

「お前の弟の家まで行ってくれ」

「フランシスの?」

ああ、その通りだ! 小学校の教師で、郊外のイッシー・レ・ムリノーに住んでいるフランシスの家まで。

「Lの文字で始まる、ラルース大百科事典を借りてきてくれ」

「本当に今それが必要なの?」

「もし俺が司法警察に任命されたとしたらどう思う?」

ロニョン夫人は男の子を隣人に預かってもらった。ロニョンは、子供がたてるどんな物音にも我慢できないからだ。

「頭を殴られてから、余計にひどくなったわ」フランシスが本を紙で三重に包んでいる間に、ロニョン夫人はそう言ってこぼした。

それもこれも全部、ロニョンがたったの五分だけ読んで、手紙を書き始めるためだった。

「まだ着替えるな……。司法警察に行ってくれ。そしてリュカ警視に会って、直接この手紙を渡してくれ……。もしいらっしゃらなかったら、ご自宅の住所を訊いてくれ」

そして気の毒に、息子は夕食抜きで寝ることになってしまった！　司法警察にリュカ警視はいなかったが、自宅の住所は教えてもらえた、ヴェルサイユ門の近くだった！

ロニョン夫人が着くと、嵐がまたひどくなり、おまけに警視はいなかった。そしてまた司法警察に戻り、あげくには、同じような廊下が続いて、どの階段も同じような迷路に繋がっている、この地獄のようなパリ警視庁だった。

今度は、もう限界だった。ロニョン夫人は階段の二段目に腰を下ろして、足を休めた。

十五分経っても、夫人は動かずにいて、電話の鳴る音に自然と聞き耳を立てていた。話し声も聞こえるようになってきたが、何を言っているのか理解しようとはしなかった。

偶然が夫人を救った。地区警察《ポリス・ミュニシパル》の局長が外に出るために、専用の階段を使う代わりに、警察救助隊《ポリス・スクール》の階段を使ったのだ。ドアを開けると夫人が目に入って、局長が眉をひそめた。

「あなた、ここで何をしているのですか？」

「リュカ警視宛ての至急の手紙を持ってきました」

「私が預かります！　ちょうど会うところです」

だが、夫人は首を振った。

「私はロニョン刑事の妻ですが、夫が直接リュカ警視本人に渡すように厳命しました」

局長は肩をすぼめると、低い声で言った。

「付いて来なさい！」

なぜなら、リュカ警視から局長に電話があって、今は奴らと一緒にオルフェーヴル河岸の司法警察にいると、連絡があったところだったからだ。

そして、捜査の進展を一刻も早く知りたい警視総監が、局長に見に行くように命じたのだった。


劇場や映画館が閉まり人が出てくる時間だったが、目撃した人間は十人もいなかっただろう。ブランシュ通りでも、この一角は人気《ひとけ》がかなり少ない。

リリが見張りをしている小さなバーで、主人を交えてカードゲームをしていた三人の男たちがいちばんの目撃者だ。リリが立ち上がって電話ボックスに入り、閉じこもった。だが、薄い仕切り壁を通して、会話は筒抜けだった。

「もしもし！　フレッドか？……まずい！……おまわりだ！……ずらかろうか？」

リリが喋っている間に、二人の刑事が音もなくバーに入って来て、客たちに声を立てないように合図すると、扉の後ろで聞いていた。

「車が一台、迂回させられた！……俺の考えでは、伯爵が裏切ったんだと思う……。ああ……わかった……。俺を信用しろ」

リリが扉を開けると、一目で状況を理解して、いきなり前に突進した。刑事の一人が床に転がった。

だが、もう一人の刑事が一飛びで両足に飛びかかり、左足を抱え込んだ。リリは怒り狂ってポケットを探り、光る物を取り出した。

この仕草の報いとして、リリは顔の真ん中に警棒の一撃を受けて、上唇が裂け、そして手錠をかけられた。

もはや十八歳ではないフレッドは、もっと威厳に満ちて行動した。リリとの会話を終えると、受話器を静かに置き、物問いたげなネズミを見た。

「なんでもない。仲間からだ。少し待ってろ……」

そして、フレッドはドアまで行って開けると、廊下の自動消灯スイッチ《ミニュトリ》は付けずに進み、暗闇の中を音も立てず、階段を降りずに、上り始めた。下で物音が聞こえたような気がした。フレッドは階段を上がるにつれて歩を速め、そして突然、立ち止まった。胸に何か硬い物が当てられていた。リボルバーの銃身だった。

「どこへ行くんだ？」同時に声が聞こえた。

「俺か？……どこだったかな？」

そう言う間に、フレッドは状況を理解して、態度を決めた。

「もちろん、俺は階段を間違えたんだ。少なくとも、あんたに危害は加えてませんよね？」

「降りるんだ」

そして、刑事は電気を付けると、慣れた手つきでフレッドの膨らんだポケットからリボルバーを引き抜いた。

二人の男が階段を何段かだけ降りると、同じく階段で身を潜めていたリュカと二名の刑事が待ち構えていた。

リュカは心配する隣戸の住人に声を掛けた。

「部屋に戻ってください。なんでもありません」

一番おかしな態度だったのはネズミで、何が起こっているのかはわからないが、異様な物音を聞きつけ、カーテンの裏側に隠れて、両足だけはみ出させていた。

「お前、そこから出ろ！」

「やっとだ！　解放された……」姿を見せながらネズミが不服そうにいった。「早くはないですね！　もしわしが殺されてたら、どの面下げるおつもりだったんです？」

「出るぞ！　建物中の人間を集めても仕方がないだろ！」
二、三戸の扉だけが、少し開いていた。その数分後、ネズミとフレッドとリリは警官に挟まれて車の中にいた。だが、車はまだ動き出さなかった。待機していた。十分も経たないうちに一台のタクシーが建物の前に止まり、伯爵が降りてくると二人の刑事が両側から挟んだ。
「全員揃った！」リュカが言った。「オルフェーヴル河岸だ……」

リュカは少し前までいたパリ警視庁に電話したところだ。

「もしもし！　ヴィシーから電話があったらすぐに回してくれ……。俺は奴らと一緒にここにいると、警視総監に伝えてくれ」

ロニョン夫人はこの電話のおかげで、階段のステップの薄暗い休憩場所から離れることができたのだった。夫人は、誰かも知らずに、顎鬚を生やした痩せた小男の地区警察《ポリス・ミュニシパル》の局長と一緒に、司法警察の建物に着いた。階段と廊下がまた続いた。どこも人気《ひとけ》がなく、照明が暗く、夜勤の匂いがした。

逮捕に加わった刑事たちが、上着を乾かしていた。ブラッスリー・ドーフィーヌにビールを持って来るように電話したところだ。

「リュカ警視は？」局長が訊いた。

「執務室です……」

執務室にいたのは、リュカ一人ではなかった。四人の男たちがリュカの前に立っていた。ネズミとフレッド、伯爵、そしてリリとその割れた唇だ。局長は無言で、隅に腰掛けた。ロニョン夫人が続いて入り、リュカはびっくりして見た。

「ここで何をしているのですか、あなたは？」

「主人の手紙を持って来ました……。私を覚えていらっしゃらない？」

いいや！　リュカは覚えていないし、他の問題で頭がいっぱいだ。

「私はロニョン刑事の妻で、これは主人からの手紙です……」
気の毒なロニョン夫人！　家に帰って夫に、司法警察に着いた時はリュカ警視が犯人たちやネズミを取り調べ中で、それなのに待っていようとは考えもしなかったと言ったら、いったいどれほどどやされるのだろうか？
というのは、夫人は手紙を渡すと、来た時と同じように音もなく立ち去って、またしても廊下で迷いそうになっていたのだから！

リュカは手紙を二度読んで、そのまま局長に渡した。

警視殿
本職は、痛みに耐える孤独な病床の中で、本職が初めからこの事件の核心であると同時に暗黒点であると睨んだアーチボルドの秘密を、おそらく見破りました。
以下は、本職の義弟から借りた一九一三年版ラルース大百科事典を本職が書き写したものです。
『サー・アーチボルド・ランズベリー（一八二四〜一八八七）有名な英国の植物学者
アーチボルド・C・ランズベリー（一八五一〜）前記の息子、インドの副総督、一九〇三年に爵位を授与される』
長い説明が書いてあるものと、リュカはページを繰った。だが、ロニョン刑事は簡単に締めくくっていた。

　これらの情報がお役に立つものと期待しております。

敬具

　リュカは机の上に手紙を置くと、部下の一人を呼んで、小声で指示した。しばらくすると、フレッドとリリと伯爵が司法警察の独房に別々に入れられた。ネズミは不安そうな素振りをし始めた。

「奴らに殴られたのか？」リュカはまだ腫れている老人の鼻を指しながら、ごく自然な声で質問した。

「わしが殺されていないのは、ともかくも、あんたの失敗ではないですよ！」

「ふうん！　奴らがお前をもっと殴っていればなあ。そうなら、お前は刑務所に行く代わりに、医務室で療養できたのに……」

「刑務所ですか？」

「もちろんだ！　お前が盗みをしていないのは認めよう。俺はお前に、同じ今日という日に、この事務所で、殺人罪の共犯を規定した刑法の条文のことを話さなかったか？」

　一瞬の間、片がついて、ネズミが口を割るかと思われた。ネズミは床を見つめて、しばらく考えていたが、顔を上げたのは、笑いながら小声で言うためだった。

「そんなはずはありません！」

「好きなようにしろ。俺は、調書を取っているんだぞ。言うことはないか？」

「わしが何を言うんですか？」

「お前は法に反するいかなる行為も目撃せず、犯罪の痕跡を隠滅するいかなる行為にも加担していないのだな？」

「わしは疲れた……」ネズミはため息をついた。

「それなら結構……。ベッドを用意してやる」

元気のない声だった。警視は声を荒らげなかった。気乗りせずに、事務処理を片付けているように見えた。

「ジャンヴィエ！　ネズミを独房へ連れて行ってくれ。顔を拭く濡れタオルをやってくれ」

リュカはしばらくの間、局長と二人だけになって、ため息を漏らした。それで十分だった。局長は聞かなくてもわかった。たやすい仕事ではない、とても骨の折れることになりそうだ！

三人は、それぞれに態度が違っていた。最初にリュカが尋問したのはリリで、からかうような態度で、無礼だった。

「車に乗って何をしていたかって？　もちろん、ドライブさ！　俺の権利じゃないのか？」

全部の質問に、こんなふうだった！

「アーチボルド？　知らない！　舌がもつれそうな名前だな……」

何をして稼いでいるか訊かれると？

「うまくやっていけるぐらい、俺が美男子だとは思いませんか?」

フレッドの番になって、名前と職業を訊かれると、職業をこう答えた。

「女性のためのマッサージ師で体操の教師です……」

フレッドは落ち着いていて、目つきは警視と同じくらい険しかった。こう言っているようだった。

「できるものならやってみろ!」

極めつきは、フレッドもこう言って、『外交官シリーズ』を続けてきたことだ。

「まず最初に、私の国の大使と話し合いをすべきだと警告します。なぜなら、あなたは私が合衆国市民として帰化したことをご存知ないようだからです」

バーゼルの紳士方が公使を動かしたように! スタオリが公使を同行させ内務省へ行ったように!

「なぜ今夜、フーケでネズミを誘拐したのだ?」

「弁護士同席で答えます」

喋ることは何もない! 待つほかなかった!

残るは伯爵だけだった。伯爵は他の男ほど強気ではなかった。

「なあ、お前さん」リュカは言い方を変えていた。「俺はお前さんがわからなくなった。今までは、頭の良い男だと思っていた。時々は俺や俺の同僚のところへ顔を見せるとしても、こんな危ないことには関わらないと思っていた……」

上品すぎるこの大男が、俯いて、何とかして身を守ろうとしている姿は、哀れだった。

「お前さんみたいに育ちが良くて、しゃれたバーに通い慣れている男がフレッドとつるむなんて！　殺人事件なんかと関わり合って、お前らしいと言えるのか？」

「フレッドはなんと言っていました？」

「すっかり吐いたよ！　フレッドにどうして欲しかったんだ？　死体が見つかっているというのに……」

「それは嘘だ！」

「何が嘘なんだ？」

「あなたの言っていること全部がです……。それに第一、あなたには私を尋問する権利はない。私は予審判事の質問には答えます」

「好きなようにしろ！」

全部、予想通りだった。リュカはどんな人間が相手か知っていた。男たちを、別々に独房に入れると、リュカはバスのことが心配になってきた。

「もしもし！　ヴィシーからまだ連絡はないか？」

「まだです」

「だったら、俺は何か食ってくる！」部下たちに言った。「局長どの、警視総監には見たまま聞いたままを報告してください。明日の朝に、警視総監に報告書を届けます……」

報告書の作成は恐ろしく困難な仕事になりそうだ。シャトレのブラッスリーで冷えた肉を頬張るとき、リュカはそのことを考えないことにした。

霧雨が降り続き、ますます細かくなり、最後の雨傘が街路を通り過ぎて行くのが見えた。

しばらくすると、街には人がいなくなり、静けさが訪れる……。


「もしもし、はい！　メモを取るので待ってください。五百ドル札が一枚、百ドル札が一枚、千フラン札が……。それで封筒は？……中身は空だと？……もちろん、それはわかっています！……訊きたいのは、どういう封筒か……。他の封筒と変わらない？……ああ！　古い……とても古い、そうですか！　それで、何か特徴はあります？……そうです！　やっとわかった！……いいえ、特別担当官どの、からかっているわけではありません。切手の色を訊いているのです……。青色ですか？　ハワイ島の切手？……よしわかった！　それが知りたかったことです……。もちろん、全部を封印してください……。頑丈な金庫はありますか？」

リュカは、ともに徹夜しているジャンヴィエ巡査部長の方を向いた。

「伯爵を連れてきてくれ！」

伯爵はネクタイと靴紐を外され、優雅さを失くしていた。

「座るな。それには及ばない……。簡単な情報を訊きたい……。今でも珍しい切手の売買をやっているのか？　三年前に、どこかの国の偽切手の件でトラブルを起こしたのはお前だったな？」

「架空の国でした！」

「それはどうでもいい！　答えろ。十九世紀中頃のハワイの切手で、かなり高額なのがあるのか？

……答えろ！　馬鹿野郎！　お前をはめようってわけじゃない。お前が答えなくても、誰かに訊けばわかることだ……」

「一八五一年のハワイの切手が、四十万フランくらいの価値があります……」

「青色か？」

「そうです、青色です……。全部で十枚くらいしか残っていなくて、状態が良いのはもっと少ない……」

「わかった。寝に帰って良いぞ……」

「釈放ですか？」

「いいや、違う！　独房で寝るんだ……。ところで……」

伯爵はすでに、ドアの取っ手をつかんでいた。

「やっぱり、俺に話すことはないんだな？」

伯爵はためらった後に、いまいましそうに答えた。

「何もありません……」


『……これがアーチボルドという不可解な記載に関するすべての説明である』

警視はひたすら書いていた。

朝の三時だった。大きな水滴が窓の下枠に落ちていた。セーヌ川の上には低く雲が垂れこめ、時折、綺麗な月が顔を覗かせている。

ジャンヴィエは椅子で寝ている。机の上には、空になったジョッキが並んでいた。

伯爵は金融外交員として社会に出て、真っ当な人生を歩むはずであったが、シャンゼリゼのバーでフレッドと知り合った。フレッドとは、最初は単なる食前酒とポーカーダイスの仲間だったのだろう。

自供を得るまで推測の域を出ないが、各人の性格を照らし合わせて、次の仮説が最も蓋然性が高いと思われる。

エドガー・ロエムの切手のコレクションは莫大な価値がある（〈バーゼル・グループ〉の取締役たちは、鑑定後に、銀行の金庫に保管した！）。その中には、有名な『ハワイ一八五一』が二枚含まれていて、それぞれ四十万フラン程の価値があり、そのうちの一枚は、この時代に太平洋の植物類を研究した植物学者サー・アーチボルド・ランズベリー宛てに送られた封筒に貼られていた。

ロエムはこの二枚ある切手のうちの一枚を、他の切手と交換、あるいは売却を試みたのであろう、切手収集家の刊行物に広告を載せた。

伯爵はこの広告を見て、詐欺を思いついたのか？　その可能性は高いと思われるが、おそらくフレッドにその広告のことを話したのであろう。

この時から、計画が立てられた。交渉は広告手段を使って行われたのか、他の手段によったのか、事実は明日以降に解明される。おそらく、ロエムには単純な交換や購入が提案されたのではなく、ロエムからの相当な金額の支払いを伴う交換が提案されたのであろう（ジャンヴィエ巡査部長の趣味も切手収集であるが、同人によると、もっと高額な切手が存在するとのことである！　中でも、モーリシャス島のオレンジ色の一ペニー切手は、五十万フランから六十万フランの相場が付いている）。この切手の交換が提案されたのだと仮定すると、ロエムが面会の時に持っていた約十五万フランと辻褄が合う。この推論は、ドルで支払わせようと考えたフレッドの思考様式とも一致する。

部屋が暑くなり、リュカは風を通すために、執務室のドアと、隣にある麻薬捜査班の警視の執務室の窓を開けた。

この時の面会で、ロエムは自身が運転する自動車の中で殺された。実行者はほとんど間違いなくフレッドで、もし伯爵が現場にいたとしたら、臆病な性格から、この方法に賛同はしていなかったものと思われる。

リリは見張り役だったのか？　確かめる必要がある。

ともかくも、フレッドたちはネズミが現れたことによって邪魔された。そして、ネズミは単に拾ったのか、あるいは何らかの方法で、財布を取得した。

リュカはジャンヴィエを起こした。

「モンマルトル辺りに行って、夜通し開いてるビストロで、極上のブランデーを一本買ってきてくれ……」

この報告書を書くにあたっては、あらゆることを考え、推測に穴があってはならない。

地区警察《ポリス・ミュニシパル》のロニョン刑事は、誰よりもネズミの性癖、行動について熟知している。この刑事の存在なしには、捜査の糸口すらつかめなかったことは、注目されるべきである……。

そして、雨で歪んだ帽子をかぶり、灰色の手袋をしたロニョン夫人のくすんだ姿が目に浮かんで、リュカは肩をすくめた。

財布に入っていた金額が正確にわかった現在、金額を違えて、封筒に入れ替えて現金を届け出た、ネズミの企みの意図は容易に理解できる。

フレッドは長くいたアメリカで得た知識から、幸いなことにフランスではまだあまり広まっていない荒っぽい手法により、この事件を実行できた。

どのような方法で犠牲者の死体及び車が隠されたのかを知るには、綿密な捜査、あるいは多分に偶然による他ないと思われる。

すでに五ページになっていた。リュカは入念に読み返した。

リュカは書き足した。

付記／〈バーゼル・グループ〉の諸氏の口の堅さにかかわらず、一使用人であったミュラーが、偶然に会長の内縁関係を発見し、脅しにより今日の地位を手に入れたことは明白である。ミュラーはブダペストを旅行中にスタオリ嬢と恋仲になった。そしてミュラーは、ロエムをかなり怪しい事業に引き入れようとするスタオリ弁護士に協力し、両者の間を取り持った。

ブダペストに来たロエムは、情報を得て、スタオリ弁護士との面会を拒否した。

ミュラーは意気地なく振る舞うしかなかった。ミュラーは、やはり〈バーゼル・グループ〉の取締役たちの権力に恐れを抱いていた。

そのことが、ドラ嬢のミュラーへの恨み、威嚇的な態度、ヒステリーの発作、などの原因と思われる。


「なんてこった！」ジャンヴィエが紛い物の高級ブランデーのボトルを持って帰ってきて、リュカはため息をついた。

「何がですか？」

「何の役にも立たない仕事を押し付けやがって！」

「なぜです？」

「見てればわかる！」

そして、リュカが言った通りに、事態は進んだ。それでもリュカは最後までやるべきことをやった。翌朝、リュカは待合室のソファーで一時間だけ仮眠を取った後、四人の男たちを執務室まで連れて来させて、各人にタイプ打ちされた報告書のコピーを差し出した。

男たちが読んでいる間、リュカは反応を見ようともしなかった。そんな必要はなかった。

フレッドが最初に読み終えて、宣言した。

「完璧です！」

「付け加えることはないか？」

「私がですか？　何もありません！」

「それで、お前は？」

伯爵は顔を背けて言った。

「何もありません！」

「俺も仲間たちと同じくだ！」リリは嘲笑いながら認めた。「もし、こんなもので俺たちをぶち込めると思ってるなら！」

ネズミは隅に隠れていて、男たちに付いて出て行こうとしたが、リュカがドアを閉めて遮った。

「それで？」

「何もないです……」

「何か違っていることはないか、全部読んで？」

ネズミは男たちが出て行ったあとのドアを見つめた。ネズミには、忘れがたい瞬間だった。ネズミは、声をつまらせて短く言った。

「これは事実です！」

「お前は見たのか？」

「いいえ！」

「車の中に、奴らはいたのか？」

「わかりません、誓います！　今度は信用してください。本当に誓います！　わしはどうなりますか？」

「三か月の禁固だ！」リュカが吐き捨てるように告げた。

「それ以上はない？　間違いないですか？」

「多分、執行猶予付きだ……。虚偽の証言と詐欺未遂で……」

「だったら、仕方ない！……」

観念して、ネズミの両肩が落ちた。


司法警察で良い働きをするであろうロニョン刑事の申請については、支持したいが、

リュカのペン先が一瞬止まった。

但し、その度を越した熱意を抑え、上司の指示に従うことができることが条件となる……。

セヴラン予審判事は、ウルガットでヴァカンスを過ごす家族に日曜日ですら合流できず、一年のうちで最も暑く不快な一か月間をパリで過ごすことになった。

「何のことなのか、私にはわかりません……」フレッドは自信たっぷりに繰り返した。「あなたの言うロエムだの、あなたの言うアーチボルドだのには疲れ果てました……」

リリは仮釈放となり、テルヌ広場のバーにまた通い始めた。

三名とも職権の詐称と、誘拐、暴行で起訴された。

ネズミとのフーケでの騒ぎが原因だ。他の容疑では、手の出しようがなかった！　死体は依然として出て来ないし、バーゼルの紳士方は帰った。ミュラーは中国へ出発して、一方ドラはベルリンでナチスの若い中尉と婚約した。

ロニョンは頭に受けた一撃のせいで、チック症が残り、左の瞼が引きつったように上下して、そのために、いつもウインクしているように見えた。駅の監視を任され、二件のもめごとが発生した。女性の旅行者たちが、ロニョンの失礼な態度にクレームをつけたのだった。

ネズミは、七月の終わりの気の滅入る日に、モンスーリ公園通りまで足を延ばした。かなりしんどそうに左足を引きずっていたのは四週間の未決勾留の後だったからだが、そのことで裁判所は寛大な処置を取り、釈放されていた。

「ボアヴァン夫人は？」ネズミはマンションの管理人の女性に訊いた。

「何の用なの？」

「会えると嬉しいのだが……」

「おやおや！　だったらブルターニュに行かないと、夫人は男の子と一緒にヴァカンスよ……」

男の子は、バーゼルの紳士方が大喜びしたことには、ロエムではなくボアヴァン姓だった。そのことで紳士方は、補償金の名目で、十万フランを一度きり夫人に支払うことにした。

小さな店を持つのが最善だと、紳士方は助言した。

だがリュシル・ボアヴァンは、若い女中たちのための帽子を自宅で作る方を選んだ。


フレッドが三か月、リリが二か月、伯爵だけは三か月の禁固及び（前科のせいで）パリでの滞在禁止処分となった。そのことで伯爵はますます覇気をなくした。

夏が過ぎた。平底船が沈みそうになったのは、九月二十一日のことだった。平底船は、砂を荷下ろしするために、ピュトー島の川下でセーヌ川の本流を離れて、新築ビル群の並ぶ大通り沿いの狭い支流に入った。

その場所は、航行路図では三メートルの水深を保証していたし、釣り人たちの間ではニシオオウグイが釣れることで有名な五メートルの窪みがあることで知られていたのに、船は障害物にぶつかり側面に裂け目ができていた。

潜水士が呼ばれて、調べた。司法警察にその報告書が届くまで、この事故に注意を払う者はいなかった。

車体の変形した自動車を発見した。そして、車の中には判別のつかない男の死体が……。

発見された車のナンバーは、『YA５－６７１３』

ロエムの車だった……。

リュカは遅いヴァカンスでビアリッツに逗留中で、代わりの人間がフレッドを二時間尋問したが、何も引き出せなかった。

すぐさま、バーゼルの紳士方が、今度は全員揃って、十二人でパリに到着した。そのうちの一人は、はるばるイスタンブールから来ていた。死亡証明書が作成された。遺書を開封することができた。

新聞記事によると、死体の状態から見て、スイスの銀行家はスリップ事故にあったと判断できる、そして……。

――相続財産は、一億スイスフランに達する――

そしてネズミは、オペラ座の分署の薄暗い明かりで記事を読みながら、いびきをやめさせるため、隣にいる年取ったチェコ男の鼻を軽くつねった。

一億スイスフランだって！　それだけあれば多分、あの司祭館が千軒か一万軒、いや十万軒買えるんだが……。

訳者あとがき

本書はジョルジュ・シムノン（Georges Simenon。一九〇三〜一九八九）が一九三七年に発表した作品Monsieur la Souris（souris は mouse、ハツカネズミの意味）の初訳である。原作は、一九三七年二月に執筆され、同年三月七日付から四月一〇日付まで日刊紙〈ル・ジュール〉へ全三十五回にわたって掲載された新聞連載小説である。一九三八年九月にガリマール社から単行本が刊行されている。

舞台は一九三〇年代のパリ。主人公のネズミは本名ユゴー・モーゼルバック、アルザス出身で、パリ八区・九区（凱旋門、シャンゼリゼ大通り、マドレーヌ寺院、オペラ座、モンマルトル等がある）を根城としている浮浪者の老人である。

物語は、主人公のネズミが飲み代をせびるため駐車中の車のドアを開けると、死体が倒れてきて、同時に落ちてきた財布を拾ったことから始まる。財布の中には十五万フラン相当のドル紙幣とフラン紙幣、三枚の切符、若い女性の写真、空の封筒が入っていた。そして空の封筒には『サー・アーチボルド・ランズベリー』との宛名が書いてあった。ネズミは金種ごとに一枚だけ財布に残して紙幣を抜き取ると、別に拾った封筒に入れて警察に遺失物として届ける。落とし主が現れても金額も合わず、財布でなく封筒に入った紙幣が落とし主に返還されることはない、というのがネズミのもくろみだ。こうして一年経っても落とし主が現れなければ、現金は、故郷の村にある今は使われなくなった司祭館を買い取って余生を過ごすことを願望としている、ネズミのものとなる。

メグレ警視シリーズでお馴染みの、無愛想な刑事ことロニョン刑事がその場に居合わせ、ネズミの行動に不審を抱き、追い始める。果たして、ネズミはめでたく十五万フランを手に入れることができるのか？　翌日死体は消えていた。そして話は思わぬ方向に展開してゆく……。

後半は、リュカ警視、ジャンヴィエ巡査部長が主に活躍する。メグレ警視とは一味違った、リュカ警視の軽妙、鮮やかな捜査も見どころだ。そして最後に、ロニョン夫人の東奔西走の奮闘もあり、事件の鍵を握る『サー・アーチボルド……』の謎が解明される。

レストラン・マキシムやカフェ・フーケの出てくる一九三〇年代のパリ、いつもの懐かしいシムノンの世界に浸っていただきたい。

本作は、メグレ警視シリーズ（一九三一〜一九七二）の番外編ともいえる作品である。同シリーズの中で、リュカはメグレの片腕の巡査部長として、ジャンヴィエは最も信頼できる刑事として、最初期の作品から登場している。

ロニョン刑事がメグレ警視シリーズに出てくるのは、本作（一九三七）が書かれてから十年後の『メグレと無愛想な刑事』（一九四七）からである。以後ロニョンは、『モンマルトルのメグレ』（一九五一）、『メグレ警視と生死不明の男』（一九五二）、『メグレと若い女の死』（一九五四）、『メグレ罠を張る』（一九五五）、『メグレと優雅な泥棒』（一九六一）、『メグレと幽霊』（一九六四）の全部で七作品に、無愛想で不運な所轄の刑事として登場している。

『七　ネズミ、引っかかる』には囚人護送馬車が出てくる場面があるが、一九三〇年代に実際に馬車が使われていたのか調べてみたところ、確かに使われており写真も残っていた。

『囚人の護送のための馬車は一九三〇年のフレーヌ拘置所(maison d' arrêt de Fresnes）での数枚の写真が証明する通り、かなり遅くまで使われていた』とある（attelagepatrimoine『繋駕文化遺産』より［https://www.attelage-patrimoine.com/article29296444.html］）。

ロニョン刑事の所属する『police municipale《ポリス・ミュニシパル》』については、『自治体警察』『市町村警察』『都市警察』等の訳語があるが、本書では『地区警察』とした。

なお、原文で日にちの記載に明らかな誤りのある箇所については修正を施していることをお断りしておく。

訳者は、長年シムノンの作品に親しんできた。最初はハヤカワ・ミステリ、学生の頃は当時刊行されていた河出書房のメグレ警視シリーズ、そしてフランス語の学習を始めてからは、主にペーパーバック版でシムノンの作品を読んできた。シムノンはずっと身近にあった存在と言っていい。リタイア後、翻訳を始めるようになって、本邦未訳の本作を翻訳することができたのは僥倖という他ない。

本作品を知り翻訳するきっかけとなったＷＥＢ『翻訳ミステリー大賞シンジケート』の連載『シムノンを読む』の作家 瀬名秀明先生、出版を進めていただいた論創社の黒田明氏、不明な点をお教えいただいたフランス語圏からの元留学生ディアモンドラさん、校正者の浜田知明氏、平岩実和子氏、表記統一の確認をして下さったフレックスアートの小川路正氏に感謝申し上げます。

〔著者〕
ジョルジュ・シムノン
1903年、ベルギー、リエージュ生まれ。サン・ルイ中等学校を中退後、転職を繰り返し、『リエージュ新聞』の記者となる。1921年に処女作“Au Pont des Arches”をジョルジュ・シム名義で発表。パリへ移住後、幾つものペンネームを使い分けながら数多くの小説を執筆。〈メグレ警視〉シリーズは絶大な人気を誇り、長編だけでも70作以上書かれている。66年、アメリカ探偵作家クラブ巨匠賞を受賞。1989年死去。

〔訳者〕
宮嶋聡（みやじま・さとし）
京都市生まれ。同志社大学経済学部卒業。共訳書にフレデリック・ピエルッチ『アメリカントラップ』（ビジネス教育出版社）など。北海道在住。

ロニョン刑事《けいじ》とネズミ
——論創海外ミステリ 314

2024年3月 1日 初版第1刷印刷
2024年3月10日 初版第1刷発行

著　者 ジョルジュ・シムノン
訳　者 宮嶋聡
装　丁 奥定泰之
発行人 森下紀夫
発行所 論 創 社

〒101-0051 東京都千代田区神田神保町2-23 北井ビル
TEL:03-3264-5254 FAX:03-3264-5232 振替口座 00160-1-155266
WEB:https://www.ronso.co.jp

組版 フレックスアート
印刷・製本 中央精版印刷

ISBN978-4-8460-2366-9
落丁・乱丁本はお取り替えいたします